Contos brutos

Contos brutos

33 TEXTOS SOBRE AUTORITARISMO

ORGANIZAÇÃO
Anita Deak

Alexandre Staut
Aline Bei
Anita Deak
Camilo Gomide
Carlos Henrique Schroeder
Carol Rodrigues
Cristina Judar
Evandro Affonso Ferreira
Fabricio Cunha
Gael Rodrigues
Gisele Mirabai
Graziela Brum
Jacques Fux
Javier Arancibia Contreras
Jeferson Tenório

Liliane Prata
Luiz Ruffato
Marcelo Ariel
Marcelo Nocelli
Márcia Barbieri
Marcos Vinícius Almeida
Mauro Paz
Natália Zuccala
Natércia Pontes
Paula Fábrio
Paulo Scott
Ricardo Lísias
Ronaldo Bressane
Sheyla Smanioto
Stefanni Marion
Susana Fuentes
Tiago Germano
Vilma Arêas

REFORMATÓRIO

Editores
Marcelo Nocelli
Rennan Martens

Revisão
Marcelo Nocelli
Roseli Braff

Design e editoração eletrônica
Negrito Produção Editorial

Imagem de capa
Mama Tao/iStockphoto

Dados Internacionais de Catalogação na Publicação (CIP)
Bibliotecária Juliana Farias Motta (CRB 7-5880)

Contos brutos: 33 textos sobre autoritarismo / Organização Anita Deak. – São Paulo: Reformatório, 2019.
216 p.; 14 × 21 cm.

ISBN 978-85-66887-58-7
Vários autores

1. Contos brasileiros. I. Deak, Anita. II. Título: 33 textos sobre autoritarismo.
C763 CDD B869.3

Índice para catálogo sistemático:
1. Contos brasileiros

EDITORA REFORMATÓRIO
www.reformatorio.com.br

Sumário

Apresentação

ANITA DEAK

Relacionamos autoritarismo à política, sobretudo nesses tempos em que muitos valores humanistas têm sido ameaçados. Olhar para o tema, no entanto, exige que observemos o conceito por diversos ângulos, como um personagem complexo e enraizado, não só fora, mas também dentro de nós. O sociólogo Muniz Sodré, em seu excelente livro *A comunicação do Grotesco*, comenta que, para se apartar daquilo a que tem aversão, o homem aponta para o outro, estabelecendo uma fronteira de incomunicabilidade. É como se não houvesse dialética: o autoritarismo externo e nós como Dom Quixote a combatê-lo.

Esta antologia também aponta para o outro, claro, por que é importante evidenciar e reconhecer a ascensão do autoritarismo na esfera pública. Parte de nossa sociedade ainda se guia (e é guiada) por pensamentos conservadores e certezas absolutas que se impõem à revelia da diversidade de pontos de vista e das formas diferentes de amar, viver e pensar a coletividade. Esta obra, no entanto, vai além. Aqui, o autoritarismo é exposto tanto interna quanto externamente. Os 33 autores, cada um com sua sensibilidade, falam de sintomas na sociedade contemporânea, de relações humanas, de corpo. Por meio de contos refinados, 30 deles inéditos, partem do autoritarismo para elaborar uma simbologia que expõe nós e desafios, embates e inquietações.

A ideia surgiu dentro do Coletivo *Escritorxs de Quinta*, quando o autor Marcos Vinícius Almeida sugeriu que fizéssemos uma antologia sobre o tema. Entrei em contato com Marcelo Nocelli, editor que publica esta obra pela Reformatório, e Marcelo topou o projeto na hora. Então comecei a convidar autores de diferentes gerações, abordagens e propostas estéticas para compor um mosaico que valorizasse não só o tema, mas a diversidade da narrativa. Acredito que a valorização da diversidade é uma das melhores armas de combate ao autoritarismo.

Toda arte é política, mas, antes de ser política, ela deve ser arte (só assim ela se manifesta em sua potência). Falar sobre um tema não é apenas abordá-lo em sua perspectiva literal, com palavras repisadas e expressões gastas que o reduziriam a panfleto. Neste livro, os autores usam as palavras como pontes, fraturas, aberturas. Diferentes narradores e composições formais brincam com pontuação, imagens, métricas, de forma a tirar o leitor de uma estrutura conservadora, rígida e autoritária para chamá-lo a construir ativamente o texto.

A reflexão sobre a forma, exposta nas diferentes propostas estéticas, chama a atenção para o fato de que não é apenas o que se diz que interessa, mas como se diz. Nas dobraduras da linguagem, os autores de *Contos Brutos* iluminam temas subjacentes como os valores implícitos na forma e o papel dela na construção das possíveis discursividades sobre o mundo. Como bem disse Jacques Rancière, na obra *O ódio à democracia*, "Se as palavras servem para confundir as coisas, é por que a batalha a respeito das palavras é indissociável da batalha a respeito das coisas".

1980... e pouco

ALEXANDRE STAUT

Fechar a cortina das férias e voltar para a escola me deixava em pânico. Mais uma vez eu estava atrasado. Se, ao menos, tivesse acordado meia hora antes. Era segunda-feira, o sol fazia um clarão no quarto, e eu ainda tinha o Carnaval na memória, o verão com os primos, as festas de fim de ano. Tomei um banho de gato. Sem perceber, corria em direção ao pátio. De longe, vi as duas filas de sempre, a das meninas, e, ao lado, a dos meninos, onde eu devia encostar.

Como era hábito, elas se formavam do menor aluno para o maior. Tratei de entrar no fim da fila deles, quase na ponta dos pés, sem me importar com a minha altura em relação aos outros rapazes. Limpei o suor da testa e olhei para a professora de português; ela estava ao lado da inspetora, ambas logo à frente de todos. Segurava a bandeira do Brasil com o mastro escorado na cintura. Pensei no Carnaval, nas baianas e porta-bandeiras que via na televisão fazendo zigue-zague pela avenida. A imagem da professora, porém, estava congelada. Fiquei na ponta dos pés e tentei observar suas expressões; ela devolveu o olhar no momento em que começamos o primeiro verso do hino nacional.

À minha frente estava Marinho, o garoto mais alto da classe. Escondi-me atrás das suas costas largas, não queria ser visto ali. Na fila ao lado, a Karina, uma menina com 1,76m. Eu era um pirralho perto dela. Conseguia ver a sequência das colegas que vinham logo à sua frente. Elas formavam uma unidade equilibrada da mais baixinha, a Marta, para a mais alta. A Karina, que alguns chamavam de Catatau, era dona de si; comandava as quadras de vôlei e basquete, fazia boas redações e aparições espetaculares na sala de aula; algumas vezes, entrava em movimentos de balé; conversava de igual para igual com a professora de ciências, enfim, era invejada por todos.

Por mais que eu busque nos pensamentos, não consigo encontrar um único predicado para o Marinho. Ali, no primeiro dia de aula, suas costas me serviam de escudo protetor. Devo ter respirado aliviado. Devo ter passado as costas da mão novamente na testa. Provavelmente errei os versos do hino. Eu sempre errava. E, se isso realmente aconteceu naquela manhã de verão, ninguém deve ter percebido, já que minha voz sempre foi um contorno de todas as outras, tão potentes. "Abre a boca para falar, menino!", a professora de português me repreendia na sala de aula. Eu encolhia na carteira, assim como me encolhi na fila do juramento à bandeira, na primeira manhã do ano letivo.

Acontece que, naquele dia, talvez por ainda estar entorpecido pelo Carnaval, aconteceu algo estranho, que à época não soube explicar. Eu olhava a Karina ao meu lado e as costas duras do Marinho à minha frente. Errei um dos versos do hino, um verso repetitivo. Quis morrer de vergonha. Baixei o olhar. Olhei para os meus pés e eis que percebi algo inusitado: eu estava descalço. O tênis azul-marinho do uniforme simplesmente desaparecera dos meus pés como num passe de mágica. Vi as minhas unhas compridas e encardidas, os pés estavam tingidos de terra vermelha. Subi os olhos devagar. Eu estava nu. O corpo estava pintado de vermelho, com linhas geométricas que subiam dos joelhos, passando pelas coxas. O sexo também estava tingido de vermelho. Olhei outra vez para a colega, na fila ao lado, para as costas do Marinho. Pensei em esconder o sexo com as mãos. A professora ia cortar uma de minhas orelhas. Aquele momento era sagrado, ela sempre falava.

O coro de vozes tomou conta dos meus pensamentos. Voltei a olhar para os pés, para as pernas vermelhas, para o meu sexo colorido e então meu pensamento se iluminou. Eu era um índio, um indiozinho como aqueles que vira na TV, no desfile das escolas de samba; não, era uma índia como nas fotos de revistas, uma índia ornada de penas coloridas e adereços nos braços e pescoço. Por uns instantes ainda ouvi o hino, mas as palavras estavam disformes, os versos embolados. Dei um passo para trás, depois mais um, e outro, até perceber que me encontrava fora da fila. Devo ter ficado invisível para a professora.

Numa pausa entre um verso e outro, virei as costas. Andei sem medo de ser notado, na direção oposta aos colegas. Senti cheiro de folhagem, ao mesmo tempo em que os versos esfarelavam no ar. Olhei para trás e vi o grupo imóvel. Lembrei as palavras que a professora sempre dizia: "Durante a execução do hino, devemos permanecer impávidos, com a coluna ereta". Andei sem cansar até um barranco que reunia algumas árvores. Respirei fundo ao topar com uma delas. Com o nariz quase colado a uma figueira imensa, ouvi uma espécie de chamado; não o chamado da professora, mas uma voz vinda do mato que deu arrepios de prazer.

Desde então, todas as manhãs, na hora do juramento à bandeira, corria para o mato e colava o nariz no tronco da figueira imensa.

ALEXANDRE STAUT é escritor e editor de livros. Autor de *Paris-Brest* e *O incêndio*, entre outros. É o idealizador e editor da revista literária *São Paulo Review*.

Dente torto

ALINE BEI

minha casa tinha uma laje, a cozinha era grande, minha mãe me obrigava a tomar gemada no café da manhã, *tem que tomar.* eu sentia vergonha de beber aquilo
até descobrir assistindo a um filme em que
Boxeadores também tomavam, nunca mais joguei gemada pelo ralo do banheiro. o banheiro. ficava entre meu quarto e o quarto dos meus pais. o sabonete com que eu me lavava era o mesmo que eu lavava a boneca, dormíamos juntas
na cama giorgio nicoli, eu gostava também de colecionar
papéis de carta mas
sentia pena de escrever a carta em cima dos desenhos.
um dia
minha mãe colocou meus brinquedos num saco preto
pra lavar o quintal com a dona geni.
meu pai chegou do trabalho, pensou que
era lixo
deixou o saco na calçada esperando o caminhão.
nesse dia. eu dormi com uma colher, meu pai fez um rosto na parte redonda, colocamos bandaid no cabinho virou
biquíni. amanhã resolvemos o cabelo, ele disse me dando um beijo. o beijo. uma vez sonhei que beijei meu pai na boca, me desculpa, eu não queria
ter beijado você, queria ter beijado

o jorge, um garoto do quinto ano. ainda bem que saiu uma foto dele no jornal da escola, peguei vários
na secretaria
recortei os jorges com cuidado
e colei no meu caderno a página mais bonita.
mas eu estava dizendo da laje, o lugar onde a minha mãe e a dona geni estendiam roupa. eu subia com elas comendo panetone e meu chinelo era maior do que meu pé. às vezes eu brincava de acertar pregador
no balde vazio
e às vezes eu ficava assistindo ao fim da tarde não pensando em nada além disso, o céu, o cheiro de amaciante.
passar
por baixo das roupas.
fingir que beijava
as roupas
descendo os degraus e um dia eu
caí.
porque o chinelo era grande ou porque a vida é assim.
machuquei, além dos joelhos, a boca.
por uma eternidade fiquei tomando caldo de mandioca, Boxeadores não se alimentam de caldo

minha vó veio me visitar.

disse pro meu pai
que a minha mãe estava sendo muito dura comigo
mas a minha mãe
era macia saindo do banho, a toalha enrolada na cabeça.

minha vó ficou um tempo sem me visitar.

foi quando a filha da dona geni
engravidou
e a dona geni pediu as contas, a Rita precisava dela, nos despedimos chorosas no portão. minha mãe tirou uma foto
da dona geni se afastando
ela gostava de registrar a última vez que via uma pessoa.
meses depois ficamos sabendo que
o bebê da rita tinha nascido morto, sorri pensando que agora a dona geni podia voltar pra casa e a minha mãe me deu um tapa
na boca, doeu
menos que o tombo, fora que eu já tinha voltado a tomar gemada pela manhã.

ALINE BEI é escritora. Depois de ganhar o Prêmio Toca, criado pelo escritor Marcelino Freire, escreveu, em 2017, seu primeiro romance, *O peso do pássaro morto*. Com ele, foi a vencedora do Prêmio São Paulo de Literatura de 2018 na categoria Melhor Romance de Autor com Menos de 40 anos.

Carlos que amava Peter que não amava as mulheres

ANITA DEAK

Escritor – O que você achou do meu romance, Maurício?
Agente – É bom, mas você precisa mudar o nome do personagem. Peter é nome de gringo e seu personagem é brasileiro, classe média, melhor que seja Zé, põe Zé, um nome brasileiro normal, funciona mais.
Escritor – A Tatiana já leu?

Agente – Tatiana, está podendo falar? É Maurício. Me diga, minha querida, você teve oportunidade de ler o livro do Carlos?
Editora – Terminei ontem.
Agente – Ele está ansioso, sabe como é autor, tudo igual...
Editora – Então, Maurício, Peter é péssimo, né?
Agente – Isso ele troca por Zé, fica tranquila.
Editora – Se fosse só isso, estava bom, mas o personagem é hétero, branco, tem 50 anos e fica comendo meninas de 20. O modo como ele constrói as personagens mulheres dele não tem nada a ver.

Agente – Carlos, seguinte, a Tatiana amou o seu livro, mas ela disse que ficaria ainda melhor com alguns ajustes. O que você acha de fazer o Peter, ah, é Zé, tem de ser Zé, tá? O que você acha de o Zé maltratar um pouquinho menos a mulher dele? Não tem necessidade daquele soco no capítulo sete, sabe? Acho que passou do ponto.

Escritor – Mas tem toda uma construção de personagem pra ele chegar a esse ponto. Você acha que ficou gratuito?

Agente – É que, assim, está super bem construído, sem dúvida, mas você precisa entender que não fica bem um homem dar um soco na cara de uma mulher hoje em dia...

Escritor – Mas não é um homem. É o Peter.

Agente – E o Peter é o quê? Mulher?

Escritor – Peter é um personagem, Maurício...

Editora – Alô?

Agente – Tatiana, minha querida, deixa eu entender melhor seu ponto de vista pra conversar com o Carlos direitinho. Ele pediu pra te perguntar se você achou o personagem bem construído.

Editora – Sim, sobre isso eu nem tenho o que dizer...

Agente – E a proposta estética, a linguagem?

Editora – Ah, eu adoro o texto do Carlos, ele escreve muito bem, me lembra muito o Graciliano, inclusive.

Agente – Acho que esse é o melhor livro dele, sinceramente. Não tem mesmo como a gente deixar o Zé dar aquele soquinho na mulher dele? Não é uma surra, vai...

Editora – Maurício, são outros tempos, sabe? Além do soco, a filha do Zé usa turbante, então, além de violência contra a mulher, estamos falando de apropriação cultural aí... Tem também a cena em que ele está andando na rua e olha pra bunda de uma mulher, objetificando... Pra quê, sabe?

Agente – Carlos, a Tatiana disse que seu texto é uma potência. Lembra Graciliano Ramos.

Escritor – Que bom... E o adiantamento?

Agente – Vamos com calma, Carlos, o mercado está em crise. Vou tentar uns quatro mil. Acho que eu consigo, desde que você faça uns ajustes no Zé.

Escritor – Já mudei de Peter pra Zé no arquivo.

Agente – Só mais uma coisinha, meu querido, tira o turbante da menina. Quando o Zé estiver na rua, deixe ele olhando pro céu (veja que poético), pro nada, pro horizonte, enfie uma dessas metáforas maravilhosas que só você sabe escrever.

Escritor – Qual o problema do turbante? A Tatiana não gostou da cena da bunda?

Agente – Não é que ela não gostou... Ela gostou, claro, mas pode ficar ainda melhor. Sem, entendeu?

Escritor – Entendi.

Editora – Oi, Maurício.

Agente – Eu acho que o Carlos vai topar cortar o que você pediu, mas ele ficaria muito mais confortável se a gente conseguisse aquele adiantamento... O que você me diz?

Editora – De quatro mil? Maurício, eu estou cortando um dobrado aqui, está difícil. Ano passado, consegui publicar seis ou sete autores por mês. Este ano, só pra você ter uma ideia, tive de reduzir pra três. Quatro mil é salgado...

Agente – Mas, Tatiana, você pagou isso no último livro dele que foi premiado...

Editora – Você não tem noção do quanto eu tenho orgulho de ter o Carlos no catálogo, Maurício, mas, apesar de ser maravilhoso, ele vende pouco, cá entre nós, você sabe...

Agente – Eu tenho um autor jovem que está bombando no Instagram. Você vai amar. Se der quatro mil pro Carlos, consigo o rapaz com um adiantamento menos salgado. É primeiro livro, mas ele tem dez milhões de seguidores só no Instagram. Uma potência. Está super empolgado pra publicar.

Editora – Ah, é? Qual a arroba dele?

Agente – @poeteiro

Editora – "Po" o quê?

Agente – eteiro.

Editora – Ah, estou vendo aqui... Já está pronto o livro?

Agente – Ele posta mais selfie do que poemas, mas isso não é problema, Tatiana. Você querendo, em uma semana, ele produz uns trinta e fechamos o livro. Mas é aquilo, como ele tem influência, a proposta precisa ser boa porque só a cara dele já vende, entendeu? O menino é um Midas. Te coloca na lista do *Publishnews* em uma semana.

Editora – Tá bom, Maurício. Você traz ele aqui na editora pra tomar um café comigo?

Agente – Claro.... Mas e o Carlos?

Editora – Se a gente fechar com o poeteiro, dá pra negociar. Ah, esqueci de comentar, a estagiária acabou o livro do Carlos ontem. A gente está com uma política de leitores críticos; se o livro tem mulheres, passamos pra leitoras mulheres; se tem negros, passamos para quem entende das pautas do movimento negro. É possível que tenha mais alguns ajustes pra fazer.

Escritor – Alô.

Agente – Carlos, notícia maravilhosa: Tatiana vai publicar. Você só precisa alterar um pouquinho a personalidade do Zé: faça ele ser carinhoso com a mulher, é uma ótima oportunidade para você falar um pouco da construção da nova masculinidade. Tira aquela história da bunda, o turbante da filha, as alusões sexuais que ele faz à personagem negra que foi o primeiro amor dele; aliás, tire a personagem negra, você não é negro, não fica bem falar pelas minorias, tire o primo gay também. Não lembro se o seu livro tem trans, mas se tiver, tire, ah, as pensatas sobre os bairros periféricos também é bom mudar e a amiga lésbica da filha e a primeira mulher dele e a segunda mulher dele e a amante dele e a sogra dele porque ele até pode ter essas mulheres ao redor, mas aí o final do Zé tem de ser diferente, mate o Zé, Carlos. Mate o Zé como metáfora para a morte desse homem antigo. Vai ser maravilhoso. Se você assinar o contrato hoje, segunda-feira os dois mil estão na sua conta.

ANITA DEAK é escritora e editora de livros. Seu primeiro romance, *Mate-me quando quiser*, foi finalista do Prêmio SESC de Literatura 2013. Seu conto *Tomando para fins românticos a casa de Cortázar* foi adaptado no longa *SP: Crônicas de uma cidade real*. Participou das antologias *Perdidas*, *Golpe-Manifesto*, *Antologia da Resistência*, *Alguma Objeção*, entre outras. É fundadora do coletivo literário Escritorxs de Quinta e organizadora desta coletânea. Fala sobre edição e criação literária no Instagram (anitadeako).

O corpo

CAMILO GOMIDE

1.

O primeiro homem morto que encarei foi meu avô. Eu tinha onze anos de idade e uma noção bem concreta do que significava a morte. Sabia que jamais o veria de novo e, mesmo que já não nos víssemos muito, aquilo me entristeceu, uma tristeza difusa, que arrastava pra dentro de si a frustração com a interrupção de um dia normal, a raiva de ser a única pessoa no carro a não saber o verdadeiro motivo da viagem súbita, a vergonha de ser visto chorando e de ser confortado por meu pai, o desconforto físico de testemunhar a dor muda de minha mãe, o mal-estar obscuro de estar vivo, o medo de imaginar o meu próprio rosto naquele caixão cheio de flores.

2.

A impressão que tive de meu primeiro morto foi comum: parecia estar dormindo. Não fosse por um pequeno detalhe, a imagem do corpo sem vida de meu avô se confundiria para sempre com a de um velho adormecido. A imagem do cadáver de meu avô me assombra como o próprio semblante da morte porque havia chumaços de algodão em suas narinas.

3.

O corpo ficaria à mostra por algumas horas e era preciso tapar as extremidades para não vazar. É uma escolha: estofar o corpo como um boneco ou deixar que tudo aquilo que lhe resta de fluido escorra, o que seria um espetáculo um tanto desagradável. Ambas as alternativas têm algo de desumanizador e não poderia ser diferente. Quando morremos, damos adeus à linguagem e passamos a existir apenas como coisa (se tivermos alguma sorte).

4.

Ao me olhar no espelho, se não estou distraído (o que é muito raro), vejo o rosto dele. Carrego seus traços: o mesmo padrão de calvície, a mesma testa protuberante, o mesmo queixo recuado, os mesmos olhos afundados em órbitas saltadas, um certo aspecto de quatis, de lêmures, de corujas, de camundongos e de alguns cachorros.

5.

Que meu avô continuaria vivo dentro de mim sempre pareceu uma mentira, mas ao longo dos anos a frase foi adquirindo outros sentidos, outros estatutos. Ao contrário do que sugeriu minha mãe, a impressão que tenho é de que meu avô nunca parou de morrer (o que não deixa de ser uma forma de continuar vivo).

6.

O primeiro ato depois do enterro é desfazer-se dos pertences do morto. É de praxe começar pelas roupas, último refúgio do cheiro, a lembrança mais dolorosa de alguém; depois, seus objetos. Camisas, calças, camisetas, blusas, chapéus, paletós, roupas íntimas, cintos, relógios, broches, cartões, alfinetes, frascos vazios, tampas de caneta, pedras e uma infinidade inenarrável de cacarecos foram despejados em poucos dias da casa que agora pertencia apenas a minha avó.

7.

Por algum motivo insondável o quarto de leitura do velho permaneceu intocado por muitos anos. O aposento ficava ao lado do quarto que ele e minha avó dividiam, era maior, mas não tinha janelas, apenas um vitrozinho de vidro verde-escuro, voltado para um corredor estreito que pertencia à rua e separava a casa de meus avós da dos vizinhos. Ali, meu avô acumulou em estantes precárias de metal um volume intimidador de livros, revistas, jornais, folhetos, cartazes e toda sorte de material impresso que lhe pareceu digno de estoque ao longo da vida. Era um lugar proibido a todos, imagino, mas isso é o que me dita a memória. A única lembrança que tenho do quartinho de vovô é de espiar seu interior do lado de fora, a porta sempre entreaberta. Lembro das pernas arriadas da estante metálica, das partículas de pó suspensas no ar (destacadas por um facho de luz invasor), da tonalidade marrom dominante que se espalhava pela textura sedimentada das paredes recobertas por milhares de páginas. Lembro de um cheiro de ferro e papel. Também lembro de vê-lo de pé, de costas, folheando algo, e de entrar sozinho e fechar a porta.

8.

Não creio, de verdade, que aquele lugar nos fosse proibido (pelo menos, não expressamente). Acho que todo mundo da família o evitava por um misto de respeito e repulsa. Recordo o quartinho como uma espécie de galpão abandonado que nunca despertou muito meu interesse. Coisas mais importantes aos olhos de uma criança existiam entre os muros da casa, como a rede, que fazíamos de barco, e o mato que furava o concreto e crescia entre a parede e o chão do lado de fora do quintal e ameaçava tomar aquela residência, o bairro, a cidade toda, se não fosse contido por nós, crianças, únicos seres cientes daquele risco.

9.

Apesar da educação espírita, sou um homem cético. Convivi com médiuns desde criança, e as histórias de contato com os mortos sempre me inquietavam por dois motivos basicamente. O primeiro deles é o fato de o espírito nunca ser visível, ao contrário do que eu via em filmes, livros e quadrinhos; o outro é a capacidade (e a curiosidade) que eles têm de continuar acompanhando a vida de quem ainda tem um corpo. O morto é uma voz que fala a poucos. É uma voz que confessa, pede perdão, aconselha (ou desaconselha), solicita, conforta. Desde pequeno eu desconfiava dessa comunicação, principalmente porque apenas uns poucos escolhidos tinham a capacidade de ouvir os mortos e era impossível registrar essa voz além da escrita. Tudo o que temos é esse relato. O conteúdo desses relatos, no entanto, sempre me deixava sem palavras. Os mortos sabem muitos segredos e parecem não ter muito pudor em revelá-los. Não são apenas segredos próprios, mas dos outros, em especial dos vivos.

10.

Todo médium que conheço é atormentado. Suspeito que seja porque na verdade não escutam nada. Não quero dizer com isso que sejam farsantes. De alguma coisa eles sabem. Duvido que escutem, mas alguma coisa sai do silêncio dos mortos. Quando eu era criança, um médium reconheceu em mim esse "dom", o que encheu meus pais de um senso solene de importância e me deixou aterrorizado. Agradeceria a Deus (se acreditasse nele) por nunca ter ouvido, falado ou visto nenhum morto (além do cadáver de meu avô, é claro).

II.

Na noite da morte de meu avô, no entanto, testemunhei um evento inexplicável de aparência sobrenatural. Estávamos todos reunidos em sua casa, depois do enterro. O desespero de horas atrás parecia ter se dissipado. Comíamos, conversávamos e, vez ou outra, até ríamos. Até mesmo minha avó, que permanecera o tempo todo aos prantos grudada no caixão, estava mais calma. Me afastei dos adultos na sala e caminhei sozinho, aparentemente, a esmo. Digo "aparentemente" porque hoje percebo que meu destino era o quartinho. O corredor, a ocasião, uma curiosidade repentina, tudo me guiava àquele lugar. A porta estava aberta. Antes de entrar, escutei o som do que parecia ser um bando de pássaros e um chiado mecânico contínuo indiscernível. Quando entrei, descobri que havia ali uma escrivaninha encostada na parede. Sobre ela, as folhas de um bloco de notas de papel A4 se agitavam no ar. Logo ao lado, uma calculadora impressora rangia e girava sua bobina imprimindo números e cuspindo o rolo de papel pra fora sem parar. Apesar do medo, me aproximei. As folhas estavam todas em branco, menos uma, escondida entre elas no miolo. Num impulso, arranquei-a sem olhar, amassei com pressa e guardei no bolso. Notei embaixo do bloco uma foto antiga, em preto e branco. Puxei-a pela ponta. Era o retrato de um grupo de soldados, abraçados, lado a lado, sorrindo para a câmera, bem próximos à lente. Todos desconhecidos, menos um. Enquanto guardava a foto em meu bolso, senti uma presença às minhas costas. Virei, assustado, e saí correndo de volta à sala, onde o clima de desconsolo havia voltado. Minha avó soluçava na poltrona de meu avô, minha mãe a abraçava de um dos lados, minha tia Isa fazia o mesmo, do outro. Ambas choravam. Seus outros irmãos, ao redor, também choravam, menos um, meu tio Antônio, o único rosto familiar entre os soldados da foto, que assistia a tudo calado, impassível, em pé, encostado no canto da sala com o filho mais novo no colo.

12.

É tentador pensar nesse episódio como uma tentativa de comunicação de meu avô, mesmo encontrando uma explicação racional para as folhas ao vento (uma corrente de ar) e para a calculadora imprimindo sozinha (um botão emperrado), porque há uma história sobre sua vida que precisa ser passada a limpo. Uma história que por muitos anos é silenciada em nossa família e tende ao esquecimento. Não fosse o acaso, eu jamais teria voltado a ela.

13.

Dez anos depois da morte de meu avô, o quartinho foi finalmente esvaziado. Eu havia deixado a cidade de meus pais para cursar a faculdade, na capital. Recebi uma ligação de minha mãe perguntando se eu me interessava por alguns dos livros de meu avô. Respondi que sim, e disse para combinarmos um fim de semana para irmos à cidade de vovô e escolhermos juntos, assim eu já aproveitava e via o pessoal. Ela disse que não era preciso, havia sobrado pouca coisa e já estava tudo com ela. Senti pelo tom de voz que estava chateada. Perguntei o que tinha acontecido e ela me contou que, sem consultar os outros irmãos, meu tio Antônio fizera um limpa em praticamente todo o acervo de vovô. Jogara quase tudo fora. Sobraram uns poucos livros e revistas esotéricos e um ou outro romance. Algum tempo depois, em uma visita à casa de meus pais, separei os que mais me interessaram: uma coleção de revistas sobre ufologia, misticismo e fenômenos paranormais; um tratado sobre magia branca, dividido em dois volumes com mais de

700 páginas cada; e um livro cujo autor desconheço, mas cujo título *Baú de ossos* me atraiu.

14.

Outros tantos anos depois, ao folheá-los pela primeira vez, descobri uma série de anotações feitas à mão, em folhas dobradas de papel A4, numa caligrafia extremamente cuidadosa, de letras desenhadas com muito zelo, como se tivessem sido batidas à máquina. Eram memórias de meu avô, escritas por ele mesmo, na terceira pessoa, em fragmentos desconexos. As letras eram iguais às do papel que encontrei na noite de sua morte e acabei perdendo sem nunca ter descoberto a origem da citação que trazia. Essas folhas estavam distribuídas sem numeração, sem nenhum critério aparente, em páginas que tratavam de assuntos diversos que iam de abdução alienígena à combustão espontânea, mas duvido que essa distribuição tenha sido aleatória. Há nessas páginas um tema comum que se relaciona com a história de meu avô, um certo desejo de transubstanciação e de permanência, relatos de um tipo estranho de existência entre dois mundos. Essa história, silenciada por muitos anos em nossa família, nunca encarada propriamente, cabe a mim, agora, exumar.

CAMILO GOMIDE é jornalista, mestre em Literatura e Crítica Literária pela PUC-SP e escritor. Faz parte do coletivo Escritorxs de Quinta.

Brazil

CARLOS HENRIQUE SCHROEDER

NOTA DA EDITORA

O presente conto não segue a edição comemorativa de 2086, da AAG[1], com fotorrodapés, videorrodapés, mas sim a edição analógica e de tiragem limitada do Instituto Memória da América. Os rodapés obviamente não existiam na edição original e foram brilhantemente indexados por Juan Taró, da Universidad Diego Portales. Embora pareçam cansativos e tenham sido eliminados dos sistemas acadêmicos há anos, os rodapés neste caso são essenciais para o entendimento dos períodos e das mudanças geográficas e históricas daquilo que chamavam de Sul. Com a derrota dos Estados Unidos do Sul[2] para o Eixo[3] na Segunda Guerra Cisplatina[4] e o consequente

1. Sigla de Amazon-Apple Group, maior grupo de distribuição de conteúdo de entretenimento e cultura até a metade do século. Faliu na grande crise pós-capitalista de 2056.
2. A vitória do Partido dos Trabalhadores, em 2022, na eleições do país que se chamava Brasil deixou a nação à beira de uma guerra civil, e o país se dividiu em três: Estados Unidos do Sul, com os antigos estados do Rio Grande do Sul, Santa Catarina e Paraná; República de São Paulo, com os antigos estados de São Paulo, Minas Gerais, Rio de Janeiro, Espírito Santo, Mato Grosso e Mato Grosso do Sul; os estados restantes formaram com a antiga Venezuela e a Bolívia a URSAL, União das Repúblicas Socialistas da América Latina.
3. Coalizão militar formada por Uruguai, Argentina e Paraguai.
4. Tropas dos Estados Unidos do Sul invadiram o Uruguai em 2039 pelo descumprimento de um obscuro acordo comercial de 2028. Maior produtor de Canabis orgânica certificada e de vinho Tannat do mundo, dois dos produtos

predomínio do portunhol selvagem, sem o trabalho de Taró este conto seria ilegível nos tempos atuais. A história se passa nos Estados Unidos do Sul e é narrada por Rodrigo Camacuã, um lutador de Artes Marciais Mistas (MMA) aposentado, que é uma espécie de Pelé deste novo país. O conto é inspirado em um personagem real, no lutador Rogério Camargo, que era ídolo nos Estados Unidos do Sul e porta-voz e principal apoiador do presidente.

Sepé

A cabeça dói, não consigo me mexer, nada se mexe, mas quem luta é acostumado com a dor, você sempre sente dores: antes, durante e após as lutas. É uma vida de dores, em que você tem consciência de cada músculo do seu corpo, de cada centímetro, porque você já sentiu dores lá, todo o seu corpo já doeu. Você está extenuado, socou e foi socado, caiu e levantou. O treino exige cada volume de energia de seu corpo, e então você cai na água, no gelo, nu, para diminuir seu espasmo muscular, quebrar o ciclo dor-espasmo-dor e desacelerar o metabolismo. Dói, é outra dor, a dor do frio, e você grita aaaaahhhhhhhhhh para espantar cada fantasma e se imagina como o índio Sepé Tiaraju[5] correndo entre a floresta, livre, ao vento, esperando a morte. Mas é assim que os heróis

mais luxuosos da época, o Uruguai era a sétima potência econômica mundial e principal parceiro comercial da Argentina e Paraguai, que imediatamente declararam guerra ao invasor. O ditador Marcelo Castro, presidente de São Paulo, manteve-se neutro durante o combate. Os Estados Unidos do Sul foram derrotados em apenas oito meses, e o território foi dividido entre os três países vencedores.

5. Guerreiro Guarani que comandou a resistência dos Sete Povos das Missões (RS) contra tropas espanholas e portuguesas na Guerra Guaranítica, entre 1753 e 1756.

terminam, com a cara no chão, cheia de sangue. Como Sepé, como eu.

Encontro

Essa é a terceira ou quarta vez que encontro a morte, e não penso no diabo, não mesmo. É aí que pessoas como o Rod Hammer[6] se enganam. Ele disse que o diabo em pessoa viria me buscar, e que acenderia velas para ele e não para mim, e riria da minha cara. *Slacte*[7], penso. Mas quando acho que morrerei, e todos acham isso, que morrerei a qualquer momento. Eu também acho, mas não desta maneira. Basta o coração descompassar e faltar um pouco de ar que o pensamento rasteiro da finitude já chega: que nos borramos inteiramente com o medo de perdermos os nossos privilégios conquistados. Somos uns bostas mesmo, lutamos por nossos privilégios, nunca pelos direitos. *Slacte*. Mas penso em outras coisas, nunca no diabo, que aliás é só um pobre coitado, uma imagem que não bota mais medo em ninguém. Quem quase morreu sabe, a primeira coisa que vem à cabeça é tudo aquilo que você vai perder. Daquela vez que despenquei do telhado de minha casa na praia, louco de SP[8], no curto espaço de tempo entre o segundo andar e o chão várias imagens se sobrepuseram, e o presente foi sequestrado, imagens tão reais quanto uma ereção tesuda ocuparam a tela da minha mente, e me vi: torrando no crema-

6. Rodinei Santos Marcelino, ex-campeão do peso meio-médio (até 77,1 kg) do Nêmesis, principal evento de artes marciais mistas do planeta. O evento tornou-se um sucesso principalmente por seguir as regras do lendário *Pride*, evento japonês extinto em 8 de abril de 2007. Rod foi parceiro de treinos e grande amigo de Camacuã no início da carreira.
7. Gíria surgida nos anos 2020, na série de televisão Prisma. Equivale a "dane-se".
8. *Speed Cocaine*: cocaína orgânica, vendida em pastilhas.

tório ou paralítico, meus filhos chorando, o Hatsu[9] gritando no telefone e eu com dificuldades para subir na porcaria de um meio-fio dessas calçadas horríveis e desniveladas que estão por toda parte. *Slacte.*

Mas eu sou Minotauro e a morte é o Bob Sapp[10]. Eu já enganara a morte outras vezes, e estou aqui para mais uma luta, é só mais uma luta, enfim. Já enfrentei caras mais rápidos, alguns mais fortes, outros mais bem preparados, e por fim aqueles que tinham a melhor estratégia para desvendar e barrar meu jogo, mas eu venci.

Uma hora ela vai me pegar, a morte, a safada, mas quero enrolar mais alguns anos, ver meus filhos crescerem (afinal, é por essa porra toda de reprodução e genes que estamos aqui, que fomos programados e tal, ao menos é o que professor Augusto sempre diz), e também comer mais umas bocetas, uns cus, que é isso que me rejuvenesce, o resto é papo furado. Será que a morte para tudo? Não, meu nome continuará por gerações e gerações. Rodrigo Camacuã, o primeiro homem a unificar os três cinturões. O diabo fez isso? Não. Deus? Não. A história será grata, pois nenhum, nenhum desgraçado, nem nos tempos do *Pride* ou do UFC ou do *Bellator*, em nenhum momento, tiveram um herói como eu, e vocês sabem por que eu sou um herói? Porque eu parei na hora certa, ainda no auge. Estrelas do passado foram apagadas, simplesmente pela cobiça, essa sim é uma desgraça. E vocês viram o que aconteceu

9. Presidente do Nêmesis Fight Club.

10. No dia 28 de agosto de 2002, os lutadores Rodrigo Minotauro e Bob Sapp se enfrentaram no *Pride Shockwave Dynamite*, na frente de 90 mil pessoas. Minotauro tinha 104 kg e o gigante Bob Sapp, 171 kg. O brasileiro foi massacrado pelo norte-americano com "pilões", socos e chutes no primeiro e parte do segundo round, mas conseguiu a vitória com uma milagrosa chave-de-braço, numa das maiores viradas das artes marciais mistas.

com lutadores do passado, foram sugados e enganados pelas organizações e cuspidos como um caroço. Mas a morte está aí, e pode ser que agora seja sim a minha vez, mas não acredito. Acho que morrerei de forma rápida, bum, vou cair fulminado, vou beijar a lona da vida num infarto ou AVC, *bang*, coisa rápida, como foi o lance do McGregor e do Aldo[11] nos anos 2000 e Iphone.

AGORA

Mas não agora, eu sinto que tenho coisas a fazer, as pessoas me escutam, elas me ouvem, acreditam em mim. Eu voto Müller[12] porque eu confio, e confiança é o que nos falta. Eu ainda tenho futuro, o *pau ainda vai cantar*, eu estudei, cara, fiz inglês, quarenta minutos por dia, mais aulas de japonês nas terças e quartas, e ainda tenho aulas de política, geografia e história com o professor Augusto, eu não sou otário não, não sou unidimensional, não bastou apenas eu ser bom na porrada, tenho consultores, gente que pensa por mim, que sabem o que será melhor postar numa rede social ou entrevista, sou amigo do presidente, porra, o garoto propaganda do presidente. Eu disse isso, dei um *jab* na direção da câmera, fiz pose de campeão. Eu ajudei a eleger esse cara.

Eu fiz render meu dinheiro, investi nas coisas certas, criei uma imagem vitoriosa, é preciso fazer uma imagem que gere mais lucro, que as pessoas torçam por você, eu estou por aí, as pessoas têm bonecos com o meu rosto, me escolhem no videogame para surrar outros caras, sou o embaixador do esporte

11. Invicto por quase dez anos, Aldo era campeão dos pesos-penas do UFC e foi nocauteado em treze segundos, com um soco do irlandês Conor McGregor.
12. Presidente eleito pelo Partido Conservador.

nessa porra de país, o EUS[13] bem poderia ser EU e pronto, o cara, o herói, e pronto, eu sei o que poderia ser feito para crescermos mais e mais, para termos mais e mais dinheiro, e é isso que importa, não teria paciência com deputados e tal. Sentaria a mão nesses bostas, que atrasam tudo, esses bostas. Mas não sei, está estranho, dessa vez está estranho, minha cabeça dói, tem sangue, e não fui eu quem fez isso, e tem gente aqui, vozes conhecidas, o que me preocupa, e os sons vêm lá de longe e não consigo me mexer, mas não tem diabo nem morte, agora não. Mas é apenas dor, a minha velha companheira diária. Só eu, minha cabeça e eu, e é engraçado, alguém que viveu do corpo ficar só com a cabeça, seria um fim bastardo, eu gosto dessa palavra, somos todos bastardos, de tudo.

Enfim, só a cabeça, sem o corpo, e a Zulmira também vivia do corpo e o fim que a coitada teve, mas eu não me culpo, viver é saber lidar com a culpa, deixar as coisas para trás, abandonar aquilo que não te serve mais. Pode parecer um pensamento utilitarista, e pessoas não são objetos, mas se chegamos aonde estamos, na vida e neste país, é porque soubemos o que queríamos e o que não queríamos, e quem queria a porra de uns parasitas nas costas? Ninguém quer, ninguém, seja pessoa, estado ou nação, então aqui ninguém tem culpa de nada, somos todos humanos e erramos e cada qual conte seus mortos e fantasmas. Eu não entendo esse negócio de memória, quando menos você espera, algo se desprende da sua caixola e plim, você se lembra de algo, como da Zulmira. Credo. Queria poder tocar uma punheta agora, isso sempre espanta o passado, lava minha alma, se é que eu tenho alguma.

13. Estados Unidos do Sul.

VIVER

Parece que estou quente, com um febrão daqueles, é tudo rápido e talvez a morte seja assim também, um febrão e plim. Mas vou virar esse jogo, o Binho virou aquela vez com o Turner[14] e também consegui, fiz o Turner bater bonito, e o lance é esse, *bang*, o pau cantar. Cair pra dentro, e eu sempre caí pra dentro, saí na mão com a vida, porque é isso que importará quando você der o último suspiro, se você lutou bem na vida, se fez um bom jogo. Levar chutes, socos e ser derrubado como um saco de batata ou apagado numa guilhotina ou mata-leão faz parte do ciclo, mas eu aprendi muito cedo que não importa quanto você bate, mas sim quanto você aguenta apanhar. É isso que digo nas minhas palestras lotadas e ninguém pisca, eu posso ouvir a respiração de todos, eles respiram comigo, sabem que eu sou o cara que mesmo aposentado posso dar uma boa surra em qualquer um. *Slacte*. É muito engraçado, quando você é adolescente, ou mesmo os adolescentes em geral, vão esbarrando em todos na rua, querem mostrar que são feras, que estão prontos, mas tudo isso vai passando, o adulto já mede o risco e pensa *para que brigar com esse idiota, posso apanhar, é só risco*, e com o passar dos anos os homens envelhecem e vão encolhendo pelas calçadas, evitando encarar, mas digo que isso não é atitude, é preciso encarar tudo, a vida, porra, de frente, esbarrar nela, chamar pro pau mesmo. Esses eram os meus bordões: *o pau vai cantar*, quando alguém me perguntava como seria minha luta com X ou Y, ou então *Bate o peso e cai pra dentro*, quando alguém me desafiava. Meus bordões foram para a

14. Um potente direto de Mike Turner quase nocauteou Camacuã no *Nêmesis 33*, ele foi à lona, mas não apagou. Turner foi com ímpeto para cima e distribuiu uma saraivada de socos, nosso herói ora se esquivava, ora se contorcia e quando todos achavam que ele ia apagar, aplicou uma chave de joelho.

rua, ficaram incorporados na fala dos milhões de moradores aqui, no meu país, neste sul de irmãos que lutam para mostrar que viemos para ficar. Não somos os borra-botas paulistas, que só querem *status* e dinheiro. A gente quer dinheiro. E independência, sempre.

Tesão

Já me chamaram de colonizado, porque ando no *jet set* e estudei um pouco mais e sou mais inteligente que a maioria dos lutadores, de creonte[15] e tudo, mas nunca de covarde, nunca fugi de uma luta ou da vida, nem das minhas responsabilidades, eu sei o quanto sou importante para o meu país e como os jovens se espelham em mim. É fato. Eu sou o cara e pronto.

As mulheres não confiam muito em mim, mas quando provam o creminho da minha rola é que sim, sabem o que é bom. Minha cabeça vai explodir, dor da porra, mas vamos lá, o negócio é pensar, usar a caixola, eu estou bem. Eu digo que acredito em Deus e tudo, mas não acredito, mas se tiver um, quando for me mandar para o inferno, que lembre o que fiz pelo meu país. E que me perdoe por tudo que fiz. A vida é trocação franca, pau cantando, então às vezes você bate, mas leva muita porrada também, e sempre tem gente para lhe passar a perna, então adotei uma postura, ou melhor, uma regra, uma regra de quatro, em que só faria coisas que me dessem uma dessas quatro recompensas: dinheiro, prestígio, poder ou prazer. Minha militância pelas causas do Sul me deram tudo isso, com a causa nunca me decepcionei, mas com amigos, família, empresários, treinadores, toda a corja, não preciso dizer que era um estresse maior que outro. Uma maldita vida de frus-

15. Um lutador que (principalmente no Jiu-Jítsu) foi desonesto com sua academia, organização ou amigos.

trações. A parte mais fácil é entrar no ringue e se entregar, e era o que eu fazia, sempre trabalhei com dois objetivos muito claros: nocaute ou finalização. Eu me entregava a cada movimento e tudo era muito mais uma dança do que uma luta, pois dançávamos durante alguns minutos e no final da luta nos cumprimentávamos, eu e meu oponente, dentro da maior civilidade, pois a testosterona e a adrenalina ficavam para trás, e é isso, depois queríamos apenas saber como foi a audiência e as vendas de *pay per view* e imaginar quanto iríamos faturar e pronto. Sem dramas. Eu nem acredito que me pagavam para lutar. Que tesão.

Carlos Henrique Schroeder nasceu em Trombudo Central (SC). Publicou vários livros entre o conto, o romance e a dramaturgia, com destaque para o romance *Ensaio do vazio* (2007), a coletânea de contos *As certezas e as palavras*, obra vencedora do Prêmio Clarice Lispector, da Fundação Biblioteca Nacional, em 2010, e o romance *As fantasias eletivas*, lançado no Brasil em 2014 e na Espanha em 2016. Outro destaque é *História da chuva*, de 2015, obra contemplada pela bolsa Petrobras Cultural.

A prestidigitadora

CAROL RODRIGUES

Hoje logo cedo antes de vestir o uniforme um arame escapou do sutiã e me furou a carne do peito; abri o fecho nas costas e puxei como a vela de um bolo o toco do buraco; não sangrou e isso foi frustrante, também não doeu o que me pareceu suspeito, é por isso: eu me resguardo dos serviços e sei que os senhores entendem: a precaução; peço que me enviem o manual que me instrua sobre o que fazer no período, porque vejo a luz do dia mudar a cor da casa e a do céu, o cão vizinho late numa nota só, queimei as folhas secas do quintal, limpei as unhas dos pés durante a tarde e as das mãos pela manhã, ainda assim me ocorreram as perguntas, por exemplo, quando não se pode mais dormir e quando as unhas estão limpas: o que fazer; imagino que quem tenha um furo no peito não possa se mover para além da higiene pessoal, e também não posso mais usar o sutiã, logo, os peitos pesam e: pior que isso: desaprendem. Passou mais um dia e as instruções ainda não chegaram, eu não sei se me esqueceram aqui os senhores ou se fui eu quem se esqueceu se: são transmitidos todos os furos feitos nas pessoas e se são muitos esses furos e assim concedem automaticamente uma semana de repouso físico e mental, mas nesse caso seria apropriado receber um manual que me explicasse em poucas frases como proceder, posso ter perdido alguma correspondência, algum aviso na porta e por isso eu despejo as palavras da maneira mais objetiva que me é possível e isso porque: eu preciso saber; juntei uma cebola seca com a abóbora amarela e uma lata de creme de leite, descongelei feijão de um pote de sorvete, contei os nutrientes, mas não encontro a lixa das unhas e me ressecou o último esmalte; no canal passou uma fábula estranha e sem função: a tartaruga olha um frade benzer o burro no pocinho, passo a pensar que a tartaruga olha dentro do meu furo e eu pergunto a ela se é oco como está me parecendo, ela também não responde; assisti por horas ao canal esperando a continuação mas não tirei ensinamento dos sermões, reguei as plantas, a pimenteira morreu há muito tempo, gosto de olhar a pimenteira morta mas não sei se essa prática estaria no manual; sei que devo queimar as folhas, mas, se ela absorve as energias funestas é sinal de que trabalha e quem trabalha merece o mais esplêndido funeral, mas não contaram como fazer, se enterrar por exemplo os galhos secos e as pimentas como tetas velhas na própria terra dela que é seu corpo e se isso seria o mesmo que enfiar as unhas que eu corto dos dedões pelo furinho que me fez o sutiã, não me contaram como se organiza isso, o que fica junto, o que é separado, os seios, por exemplo, são autônomos? Ou autômatos, como máquinas? e no caso dos seios que não produzem leite, serão sugados pra dentro do furo como a pimenteira talvez seja na sua terra se ninguém se decidir por outro fim? O dia é o terceiro sem sair e ainda não sei como proceder; o cão late na mesma nota, é um lembrete: não mordo nunca; limpei o chão do banheiro e a privada amarela da urina de semanas, e como o cheiro realça o que se estrutura não sei se deveria tomar água ou deixar que se amarelem as coisas, isso também poderia vir no manual, e no caso de não defecar logo pela manhã, por exemplo, qual o procedimento padrão? hoje, no dia três, pensei em colocar ali um cotonete, à procura, mostrar a luz, mas não sei se se permitem tais ações; a cada dez minutos a dona grita

Chega e o cão late outra vez na mesma nota por mais outros dez minutos, não sei se seria o caso de abatê-lo, ou a ela, ou de balançar os seios na janela; transcrevo todas as escoriações do meu caráter pra que me julguem apta ou inapta demais, mas o caso da prisão de ventre poderia ser prontamente resolvido, bastava o manual, que pode ter relação com a morte da pimenteira ou com as chuvas no São Francisco, se não param há três dias, pode ter alguma relação com o meu furo, devo alertar, vi no canal outro cão rodopiando em caracol e me lembrei ou inventei: com que autoridade? – a tartaruga perguntou ao frade que benzia o burro no pocinho, que relinchava se fazendo de cavalo só porque tinha o mesmo rabo apontado ao passado e logo ao chão, o frade se pensando um padre fez-se a si de rogado e espirrou um caneco de água benta sobre a tartaruga, que por sua latência de mil vidas não se agitou como o cão e recebeu a inscrição sacrossanta: o perdão; é difícil saber, porque muitas palavras rimam entre si e existe sempre a pergunta: a caverna era mesmo o bisão? ou o bisão era a caverna? são duas perguntas e não é sempre que se enterram os mortos, por exemplo, as pimentas, o cão, Esaú; Esaú eu inventei pro rosto que é vermelho. Chegou o quarto dia e não recebi a instrução, talvez eu deva escrever na minha porta: foi-me furada a polpa do seio, aguardo o manual; escrevi, está ali à espera de vocês, enquanto não respondem vou contar um segredo: eu guardo no armário um estilhaço de espelho, é necessário para quando, por exemplo, você está com um pelo grosso onde não deveria haver, e isso o homem não entende; é um triangulozinho do espelho que guardava a minha avó, olhava nele todo dia e contava cada ruga, mantinha um caderninho e um toco de lápis, riscava os pauzinhos, uma ruga um pauzinho, enterrei faz um mês a minha avó e o caderninho e a terra não era uma parte do seu corpo; hoje eu peguei o triângulo e ergui com a outra mão o seio perfurado, vi que o furo se alargou de bordas, talvez chegue à estatura de um cu, talvez a evacuação se dê agora por ali já que até o momento não sangrou; isso o manual poderia me dizer; talvez pensem na hipótese enquanto estiverem lendo este relato, e também na pimenteira morta, aproveito para perguntar; hoje à tarde, depois de comer um vidro de alcaparras, eu passei cotonete por cada dobra da escada que é como se devem secar os bebês recém-nascidos e as paredes da vagina pra que não se criem fungos na umidade das várias camadas de roupa, isso eu vi no canal, gastei ao todo vinte cotonetes e também os meus joelhos mas estes se regeneram, antes ou depois do furo, se assim o for, mas vou precisar de outra caixa de cotonetes, são muito úteis, as unhas ficam muito sujas por debaixo, mas: e isso é estranho: o cotonete sai sempre limpo do buraco. Quinto dia e lavei todas as panelas, treze ao todo e não estavam sujas, achei que me faria bem ouvir a água e acabou-se assim o detergente logo peço também o refil; cansei de olhar a pimenteira morta e olhei pro céu do quintal, uma gralha gralhava, não pretendo ser engraçada, não sei mesmo outro modo de falar, é um som aborrecido, não entendo a existência de um pássaro que não cante bonito, mas, de novo, o bisão; os cotonetes também são muito úteis pra limpar o próprio umbigo, tenho umbigo muito fundo e caso não limpem direito as mulheres que não se tornam mães podem perder os umbigos e isso eu também vi no canal; mas a respeito do arame: enterrar na pimenteira morta ou na terra que não era a minha avó? não me parece acertado reconstituir à peça original, foi traiçoeiro, ou traiçoeira seria eu que deixei ele escapar, desatenta, e quando caio de joelhos o correto é: permanecer caída como punição aos joelhos que me traíram? ou quem me trai é o chão, neste caso? ou quem trai o chão sou eu? por favor me respondam amanhã porque ainda não entendi o conceito de traição quando uma parte do corpo mutila outra parte do corpo, aguardo com ansiedade, sempre à frente da máquina, pela qual, saibam: tenho muita estima: a Prestidigitadora de Transmissão Automática é benéfica às pessoas como o capim é às vacas, gosto também de como vêm as respostas, pregadas às portas, e dos estratagemas de correção, gosto de raspar as sobrancelhas quando necessário e me encanta quem sobra quando saem os pelos; um outro segredo: eu vejo o meu reflexo nas facas, talvez todas as mulheres, talvez os homens, e também vejo nas janelas das casas e dos ônibus, nos fundos das panelas e nas poças de água; preciso dizer que é um tanto falha a retirada dos espelhos; se todas as facas e janelas fossem cobertas por fita fosca, por exemplo, aí poderia funcionar, se fosse pingado um corante opaco em todas as poças, e nas panelas, talvez assim, nos rios também já que os peixes que sobram são muito certamente cegos; o que ainda seria um problema é: a tela, principalmente quando desligada, vejo nela o meu rosto sempre que bate a luz enviesada do meio da tarde, é outono, talvez ela deva ser coberta enquanto inoperante, um tapete, mas por outro lado quando se atrasa um segundo a entrada de uma imagem depois da outra eu vejo o meu rosto e é sempre um susto, porque, ultimamente: penso ter visto o rosto vermelho do Esaú; é que somos parecidos ou fomos, ele odiava apertar as tetas das vacas e odiava ajoelhar no pasto, odiava leite, odiava quem brincava de bigode de leite e eu gostava e ainda assim ele amava o dia, amava a noite, e não sei em qual terra ele se encontra se é que se encontram a si mesmos os mortos, outra questão; deixo em aberto a problemática e espero que estejam me acompanhando apesar de saber do fluxo de informações que recebem, que quem quebra um joelho na escada, fura o olho num garfo ou acorda em torcicolo incapaz de olhar ao lado não pode sair ao serviço e deve ficar como eu despejando as digitações, o barulhinho que a máquina faz anula o som da voz, que é aguda e feia como um urro de gralha, às vezes é monótona e só late numa nota, às vezes diz coisas banais e tendenciosas quando me dou por distraída, por exemplo: engula cotonetes e sinta suas pontas nas paredes do intestino, às vezes me mostra filminhos com o sexo das pacas ou me receita um estrogonofe de cação, às vezes me confunde na função dos seios como quando eu sonho que amamento a minha avó, às vezes me diz que eu apanhe o triangulozinho do fundo do armário e me diz que eu saia da casa com o peito furado e solto no suéter de lã, os bicos duros no tecido, e que eu mantenha o triangulozinho preso nos dedos por baixo da manga esquerda, e que entre no serviço e que peça desculpas pelo uniforme que ficou em casa, que estava sujo, que não estava limpo, e que com a mão direita assine na ficha do ponto um outro nome: Amanda, por exemplo, a que ama no infinito, e a voz me diz que eu chame o chefe ao corredor que leva à escada escura do incêndio, e que mostre a ele o espelhinho, e que posicione o espelhinho por baixo do suéter inclinado na medida pra que os peitos sejam vistos, e me diz que gentilmente eu toque sua gravata, que elogie a trama do cetim, que sorria um pouco envergonhada, que sinta o calafrio rebaixado muito lento pela espinha, que eu espelhe agora a sua barba e que sorria mais ainda, que eu abra na garganta um cu preciso, que a tartaruga veja se ali se forma um furo seco ou se dali sai um jorrinho, que de qualquer maneira eu encaixe um cotonete e que retire e que perceba se sai sujo ou se sai limpo; bateram na porta, vou só calçar a calça e espero, respeitosamente, que isso seja a respeito da urgência com que há cinco dias solicito: o refil das higienes e também o manual;

Carol Rodrigues é escritora e roteirista. Seu primeiro livro, *Sem vista para o mar* (Edith, 2014), recebeu os prêmios Jabuti e Fundação Biblioteca Nacional. Em 2017, publicou a novela digital *ilhós* (e-galáxia). É formada em Imagem e Som pela UFScar e tem mestrado em Estudos de Performance pela Universidade de Amsterdam. Nasceu no Rio de Janeiro e vive em São Paulo.

Senhora do quintal do mundo

CRISTINA JUDAR

O vestido suspenso no quartinho do terreiro mais parecia um balão de passeio nos céus da Turquia: veículo de transporte arredondado para um mundo leve. Ripsen, sentada no chão, experimentava vários ângulos de observação daquela composição têxtil, como se avistasse algum segredo naquele vazio que logo seria preenchido por carne e movimento. O ritual de feitura aconteceria naquele dia, para o qual Ripsen estava despida de pelos e humanidades, raspada e embebida, apenas um corpo praquilo que não cabe em corpo algum. Um invólucro para uma deidade, assim como o vestido estandarte seria ocupado por alguém ausente de identificação. Iaô não tem vontade, é instrumento para a manifestação de força inconcebível. Iaô é lasca de mundo a serviço de força natural, esse é o resumo de sua majestade. Iansã, a senhora que venta, executa um balé de mãos. Ela dita, ao assovio da libélula, o ritmo; manda pra longe a poeira do olho cego para mostrar onde estão o caroço, a polpa e a semente. São seus os raios na brasa, os lampejos que desconstroem a película de garoa sobreposta à tarde. Oyá-guerreira, Iansã se abana. Ripsen partiu dela, da essência oriunda de seu axé. Ripsen, híbrida caminhante pelo solo, na inexistência de limites territoriais.

Quando criança e ainda entendida como um menino, definição já era coisa pequena pra Ripsen.

– *Pra que mesmo?*, dizia à mãe, – *Pra quê?*, perguntava à irmã, frente à panela de fogo e caldas mornas. Das compotas, preferia as alaranjadas por serem as mais bonitas de se olhar contra a luz. Um pouco maior, já de mãos firmes, sabia verter um bom sangue animal para cumprir a ceia familiar. Não havia frouxidão; pra isso, nem piscava. Corria Ripsen, vertia Iansã. Cortava Ripsen, ventava Iansã. Quando beijava, era completo e completa. Intercalava-se, porém nada dividida, apenas duplicada na convicção natural de sua vida. Entre os gêneros, era genial. Embarcadora de brisas, uma capitã das altitudes. As chacotas passavam-lhe de raspão. – *Menininha!,* diziam os tais. – *Mocinha brava!,* ralhavam os rasteiros. Ela abanava o leque de senhora, na mesma certeza das constelações traçadas há milênios, brilhantes e com tantas possibilidades a ponto de parecerem flutuantes conforme sua exclusiva vontade.

Riam e corriam os insetinhos – meninos da rua 9, olhando pra cima dos ombros o véu de honra de Ripsen. Acabaram com um destino morto, esses seus contemporâneos. Um deles nasceu peixeiro, viveu peixeiro, morreu de olhos esgazeados. Outro roubou e secou. O terceiro: é desse que eu vou falar. Assim que nascido, molusco de mar seco em posição fetal, levou um tanto de vela respingada na fronte, mais um tanto em cada planta do pé e em cada palma da mão. Coisa da fé de sua avó, nunca se soube até que ponto ela terminava feiticeira, onde surgia beata. De cabelo emaranhado feito alga não aguada, de pito aceso, rezadora de palavras tão comuns a Deus que era impossível distingui-las no cômodo de chamas moles e retratos vivos dos mortos. Ela emitia um miudinho murmúrio não entendido por humano, murmúrio de subir ao céu até alcançar o santo de seu desejo. O pequeno Tupire pegou forma e voz nesse lugar de nuvem rala e chão dominante, era um filho de cruz e de rosário, misto na herança do que havia de sacro naquelas instâncias de calor, nas distâncias perdidas da memória do planeta. Bênção ele aprendeu a distribuir, primeiro em casa. Na rua, em um passo depois. Benzia o colega um, o colega dois e corria toda a rua 9 até chegar à casa de Ripsen, que soprava um calango pra ver se o bicho acelerava o passo. Mas calango não se afeta com vento, assim como Ripsen pouco ligava pra reza. Como num teatro, assistia ao gestual de Tupire, era pra ficar de pé e fechar bem os dois olhos, deixava um semiaberto, via a cruz três vezes, as palmas sobre a testa, ouvia o indecifrável. Um conversar com Deus e Nossa Senhora pra que tivesse saúde e sorte, imaginava. Assim que Tupire partia, Ripsen pisoteava o vento, em sua forma de não ser como os devotos-meninos. Ripsen era das contrariedades, das vontades rompidas, das regalias conquistadas pelo respeito que nos outros nutria. Na vaidade que imaginava vestir, atravessava a terra com um rastro de tecido atrás de si, no balanço de uma caminhada de donzela nada cordata. Balançavam ondas rosadas nos ares, algo como uma visão do poente.

Ripsen crescida, em pé sobre a cadeira, pendurava as cortinas da casa pra que o vento tivesse uma boa razão de passar por ali. Controlava fogo e caldeiras, organizava a casa sem pai, de mãe e irmã cansadas de existirem apagadas, sem possibilidades ou aura. Previa os ciclos das mulheres, aplacava suas dores com compressas quentes sobre seus ventres que, sabia, eram um tanto berço, outro tanto sepultura. Ouvia suas imperfeições choradas, lava expelida por sílabas, as quais tinha habilidade para compreender, transformar em amenidades e, depois, abstrair. Formavam uma trindade de mãe, filha e Ripsen, que era completa demais pra ser uma coisa só.

Soube de dona Brondir assim que a mulher chegou à cidade e comprou um pedaço do grão-lugar, com terreiro, galinheiro, barracão, árvores e cercado. Ouvia-se o som de seus tambores nas noites de sexta, um abafado coração na profundeza do terreno árido, distinguível aos seus ouvidos como um chamado.

Tupire moço ia, vinha, igual mariposa nas cercanias de Ripsen. Executava o ritual de três palmas e cruz, três palmas e cruz, Ripsen mantinha semiaberto um dos olhos. Ouvia as sílabas mastigadas. Era como se Tupire cochichasse na orelha do criador, o único capaz de decifrar o seu idioma. Assim, eles criaram os seus códigos, a forma de contato ritualizada e compreendida apenas por Tupire e Ripsen, únicos membros daquela diminuta sociedade secreta. De sinal em sinal, se tocavam sem fazerem uso de seus corpos. Compunham uma unidade sólida, feita de parcelas complementares, no alcance de um estado harmônico característico dos santos, o que resultava em lealdade e entendimento infinitos.

Quando separados, Tupire partia em ímpetos de distribuição de bênçãos para o mundo. Na aldeia, Ripsen rompia barreiras, sentia em suas comportas a força do orixá em gestos e pensamentos, num estado de ebulição iminente. Um dia, dona Brondir convidou todas as mulheres do grão-lugar a costurarem para seus ritos, a cozinharem os pratos consagrados, a plantarem e colherem em seu terreiro: fruta, folha, verdura, tudo seria dividido. Ripsen aderiu e não foi vista com estranhamento; era força e canção, estimulava a todos, mesmo céticos e carolas. Era pessoa-flor, diziam algumas delas sobre sua natureza estimada como tesouro nativo do grão-lugar. – *Dizem que gente assim nasce a cada dois mil anos para nos ajudar*, ouviu dos lábios de certa mulher.

Contudo, nas madrugadas, Ripsen sentia os males que os homens a ela podiam causar. Mãe e a irmã ressonavam. Seu peito doía a noite como não doía o dia, a cabeça funcionava em um negativo da realidade, numa consciência exacerbada sobre o que era ruim e mortal. Talvez por causa da aurora distante, que beneficia as vistas de dentro, parecia não existir caminho para quem já havia percorrido todas as rotas daquele mundo, o que significava rompimento e miséria para alguém tão real na ausência de fronteiras.

O peso do pensamento dos homens se manifestava em pedras de todos os tamanhos, que caíam sobre o teto de seu sono. O barulho das injúrias ganhava força na escuridão, açoitava a coroa de Ripsen, então afundada na insônia. Tamanho impacto causava pavor e imobilidade no corpo de quem se resumia a doses equilibradas de ação e sinfonia.

– *Vamos expulsar essa aberração daqui!* – rosnavam eles, ricos de raiva.

– *Chega de desfiles e exibicionismo. A partir de agora, puniremos quem incentivar esse tipo de indecência. Quer fogueira ou cadeia? Pode até escolher!* – riam os rasos, a se acabar.

Nos olhos de Ripsen ardia a febre, o céu era a mira cega, até que o galo cantasse às seis da manhã, quando o milagre da luz, ao som dos passarinhos e no cheiro da lenha, nebulizava os pensamentos de chumbo. Poderia viver mais um dia, um de cada vez, e era bom esse nascer e morrer integral ocorrido a cada 24 horas.

Surdo para a onda que avançava sobre Ripsen, Tupire encarava o mar, vendia produtos do grão-lugar, doces, toalhas, esculturas. Na contradição de visitar distâncias para criar raízes, constituir território na aldeia natal. Queria oferecer mais para Ripsen pétala e pistilo, Ripsen caule, folha, pólen. Ripsen não mais vestiria imaginações.

Até que chegou o dia da erva queimada e do rito da Brondir. Do som do couro batido que vazou em audácia primitiva, das plantas dos pés a empurrar a energia para o fundo e ainda mais, da visão enfumaçada das peles entre as amarrações, na noite em que à Ripsen foi declarada a missão de manter acesa a estrela, uma tradição. Com Iansã à frente, era tudo o que Ripsen precisava: um encargo, um reino, um cálice, um trono, tecidos para se cobrir, princípios sagrados para contar, um solo de respeito para os seus passos. Compromisso aceito, seguiu-se um mês de reclusão, sete luas para a morte, sete lutas para o renascimento, sete rimas para os búzios, outras sete para entender os preceitos, uma vida inteira para servir, aprendizado para resistências inteiras. Estandarte dos ritos das velas, dos clarões no céu das mentes humanas, Ripsen entenderia de cobras corais e daria de beber aos caboclos, cantaria o que um dia cantaram em Terra e entenderia a natureza dos humanos. Ripsen daria em frutos. Constituiria família e geração de santo, do amor que é sangue fluido e constitui irmandades, filiações, dotes e laços. Não geraria filho-carne, mas, pelo caminho de representante de orixá, a Ripsen seria oferecida a maternidade do mundo.

Tupire sentia na carne a dor do desejo expelido pra dentro. De viagem em viagem, os intervalos diante de Ripsen doíam quando conquistados, a vida de Ripsen mais lotada do que a de viajante-vendedor de badulaques; tudo era muito importante na vocação direcionada para os céus limpos e os ventos imperiosos. Os sinais, os atos, as bênçãos trocadas da infância ficaram escassas diante de Ripsen quase deidade e com os dois olhos bem abertos. Uma dor de afastamento, teve de engolir Tupire. Dor de rebento separado de seu gêmeo. Distante Ripsen, na cadeira de espaldar alto, dedos pesados de anéis. Cruzaram olhares pela última vez antes da festa de saída de santo. Ripsen, prestes a bailar pelas mãos da ialorixá Brondir. Ripsen, do orixá dançante no quintal do mundo.

Tupire sabia, seu pedido tinha sido atendido, há mais de dez anos, quando a reza subiu de viés e não foi para o destino esperado – talvez por Tupire ser ainda menino ou por culpa do olho semicerrado de Ripsen. Sua cantilena alcançou um firmamento de nuvens mistas, pesadas de cristais de gelo. Ultrapassou os raios do sol incandescente e maduro e chegou a Iansã, que desejou cobrir Ripsen de cuidados que só as mães dão. Assim foi e assim se fez.

Do amor de Tupire, esse foi seu maior gesto. Como rezador, seu maior feito. Mas não se incluiu no pedido, seu maior erro.

CRISTINA JUDAR é escritora e jornalista. É autora das HQS *Lina* (Editora Estação Liberdade) e *Vermelho, vivo* (Devir Brasil). Com o livro de contos *Roteiros para uma vida curta* (Editora Reformatório), foi finalista e Menção Honrosa no Prêmio SESC de Literatura 2014. É coautora do livro-arte *Luminescências* e, em 2015, escreveu o projeto de prosa poética *Questions for a live writing* durante uma residência artística na Queen Mary University of London. Trabalhou como editora da revista de arte e cultura LGBT *Reversa Magazine*. Seu romance *Oito do sete* (Editora Reformatório), contemplado pelo ProAc de Prosa 2014, foi finalista do Prêmio Jabuti 2018 e ganhador do Prêmio São Paulo de Literatura 2018.

Fragmentos

EVANDRO AFFONSO FERREIRA

(1)

Predeterminação lasciva provocando a luxúria do Predomínio. Sempre alimentado pelos ingredientes afrodisíacos da Soberania; sempre se guiando pelos ventos propícios às Dominâncias, às Supremacias; sempre seguindo as trilhas pavimentadas com a mistura escura e viscosa da Tirania. Sensação de que se considerava metal preservado (por leis próprias) das oxidações. Contam que ainda hoje, mesmo depois de se instalar num manicômio, continua estudando a hereditariedade e a estrutura e as funções dos genes do Poder Absoluto.

(2)

Olhar despótico, gestos igualmente tirânicos. Andar altivo legitimando bravatas. Voz tonitruante. Expressões atafulhadas de intransigências. Alma inextrincável, misteriosa – possivelmente predisposta às condescendências diabólicas. Dizem que meses atrás esbarrou distraído na Ternura – não se desculpou.

(3)

Durante algum tempo, ele, Deus, ainda ingênuo, pensava que vivia sozinho no Universo, que fosse ele mesmo o Todo, o Tudo, o Imenso. Entretanto, um dia, caminhando algumas quadras adiante de Si mesmo, descobriu, perplexo, que, na rua de baixo, já morava, há algum tempo, um tal de Lúcifer.

(4)

Ignorava vozes contrárias, desdenhava ventos desfavoráveis – seguia em frente, altivo, carregando consigo nítida sensação de que ele mesmo havia-se elevado às hierarquias superiores arregimentando para consumo exclusivo todas as virtudes teologais. Seguia em frente, passos irreconciliáveis com o retroceder, antecipando o logo-adiante, caminhando em ritmo acelerado, fazendo ouvidos moucos aos contrafluxos do acaso, às vozes contradizentes, aos apelos em contraditório. Historiadores afirmam que nossa soberba personagem foi quem, por assim dizer, ensinou, pela primeira vez, todos os mortais a se precipitarem no abismo.

EVANDRO AFFONSO FERREIRA é autor de mais de 10 romances, entre eles, *Minha mãe se matou sem dizer adeus* (Record), Prêmio APCA de Melhor Romance do Ano; *O mendigo que sabia de cor os adágios de Erasmo de Rotterdam* (Record), Prêmio Jabuti de Melhor Romance do Ano; *Não tive nenhum prazer em conhecê-los* (Record), Prêmio Bravo de Melhor Romance do Ano; e *Nunca houve tanto fim como agora* (Record), Prêmio APCA de Melhor Romance do Ano e Prêmio Machado de Assis de Melhor Romance do Ano (ambos em 2018).

Eu não faço oral

FABRICIO CUNHA

Eu não faço oral. Foi a primeira frase que ouvi dela, na subida da Augusta, lado direito.

Não disse nada antes. Nem preço, nem "oi, gato", nem boa noite. Nada. Aquilo era tão estranhamente forte e me fez fixar os olhos nos dela, tentando entender o porquê de algo tão contundente já no primeiro contato.

Eu só queria um programa.

Só queria gozar sem ter que bater uma.

Nem fui pra lá pensando nisso.

Moro no centro.

Queria comer alguma bobagem mais lá pra Paulista e voltar pra casa.

O tesão foi batendo e aumentando à medida que eu subia a rua.

Lá em cima, sucumbi.

Nem olhei direito. Só percebi que eram três putas conversando, parei o carro sem descer nem desligar, baixei o vidro e, antes de perguntar qualquer coisa, ela desceu a guia na minha direção e saiu com essa.

Eu não faço oral.

Uma puta que não faz oral.

Uma puta que não faz oral é tipo um jogador de futebol que não chuta no gol, porra. Um escritor que não sabe a regra dos porquês. Pode não saber crase direito, mas tem que saber os porquês.

Eu não faço oral foi justamente a frase que me intrigou e me manteve ali. Era pra eu mandar tomar no cu e sair. Ou só sair, porque ninguém, afinal, é obrigado a fazer oral em ninguém. Nem uma puta, desde que combinado antes.

Eu não só fiquei ali, como abri a porta. Não perguntei o preço. Não vi se era a mais gostosa das três. Eu me debrucei sobre o freio de mão do meu Astra semivelho e abri a porta.

Silêncio.

A frase se repetia à exaustão na minha cabeça e eu não conseguia elaborar nada pra quebrar aquele silêncio que me violentava e, a ela, não parecia incomodar.

Na Augusta mesmo, voltando sentido centro, tem uns puteirinhos que alugam quartos pra quem quiser trepar.

Eu não sabia se eu queria chegar logo a algum lugar, tirar a roupa e gozar ou se devia me demorar, de forma que alguma conversa fosse inevitável e, então, eu conseguisse encaixar a pergunta que tava me corroendo.

Continuei subindo, atravessei a Paulista e fiz a volta pela Alameda Santos. Não suportava mais o silêncio e também não conseguia quebrá-lo com nada que parecesse levar ao destino de minha intenção. Não, não mais a primeira. Eu já não tava nem aí para gozar. Eu queria saber o porquê daquela frase emblemática à décima potência, vinda da boca de uma puta.

Desci a Augusta e entrei logo numa rua à direita onde eu sabia que tinha um pulgueiro barato e rápido.

Você quer um...

Quero qualquer quarto, rápido, por favor.

O louco era que ela continuava séria, incólume, como se estivesse tudo bem. Se bem que, puta, quando está tudo bem, não fica séria assim. Não que eu seja um *expert* no comportamento humano, com ênfase em putas, mas, aos quase 40, conheço um pouco de gente com especialização em putas.

No quarto a relação é de puro negócio. Eu quero gozar. Ela quer que eu goze e pague. Quanto mais rápido, melhor.

Para se gozar existe um pressuposto básico e introdutório. É preciso tesão, que produzirá uma ereção.

Não há tesão numa mente obcecada por algo tão brochante quanto uma frase castradora.

Eu não faço oral reverberava em minha mente inquieta impossibilitando o corpo de qualquer ínfima, porém necessária reação. Não que aquilo me constrangesse. Uma brochada a mais, uma brochada a menos. Ainda mais com pessoa acostumada a presenciar esse tipo de realidade. A verdade é que aquilo já nem me importava. Assumiria a brochada com galhardia, desde que minha questão fosse esclarecida.

Para, para, para. Por favor.

Ela parou sem esboçar descontentamento. Como quem está a trabalho e obedece a uma ordem superior. Nesse caso, inferior.

Eu não tô conseguindo.

Quer que eu faça algo diferente?

Nada de diferente que ela fizesse daria resultado. Até porque já estávamos lá havia algum tempo e ela já tinha se esmerado muito, percebendo meu insucesso prestes a se concretizar.

Moça, como é teu nome?

Waleska.

Tua frase não sai da minha cabeça.

Qual frase?

Moça, isso deve ser tão normal pra você que já nem se lembra. Ainda assim, você há de convir comigo que não é nada normal para uma prostituta começar uma conversa com um possível cliente com "eu não faço oral". Porra. Você é deliciosa. Mas sua frase é muito contraditória com o que você faz.

Você é muito complicado.

Te juro. Não sou. Acho. Pensa você comigo. Seria como se eu fosse um vendedor de carros e, na primeira abordagem a um cliente, dissesse "senhor, eu não entendo de marcas, mas esse carro parece bom pela cor", sei lá. Devo ser complicado, um pouco.

Não. Você não é. E eu não costumo dizer isso. Aconteceu algo hoje.

Por favor, me ajude nesse labirinto. Senão vou achar que é impotência mesmo. Não que eu já não tenha brochado, mas nunca por uma causa dessas. Uma confusão mental plantada por uma frase de uma puta, desculpa, prostituta. Não que uma prostituta não diga frases enigmáticas, mas assim, de cara?

Eu já fui crente.

Puxa. Eu também.

Fugi de casa aos 14 anos porque era abusada pelo padrasto desde os cinco e minha mãe não só não acreditava como me batia, dizendo que eu tinha demônio. No começo eu nem sabia o que era isso.

Também fui abusado aos sete, só que por um cara que era da igreja. Parei de ir e não precisei contar pra ninguém. Desculpa. Continua você.

Fui morar na casa de uma tia, crente também. Contei tudo pra ela.

E ela?

Me disse que tinha que ir à igreja com ela, expulsar esse demônio que tinha sido plantado em mim.

E você foi.

Fui sim.

Com a nudez revestida de santidade terna, ela me olhou com o mesmo rosto silencioso, como quem titubeia em continuar. Levantei quieto pra dar o tempo que ela precisasse pra pensar se continuaria ou não. Abri uma água, servi dois copos.

Eu fui. Eu sabia que não deveria ir. Sabe essas coisas que as mulheres têm sem conseguir explicar? Eu fui. Era tudo o que eu tinha naquele momento. E fui sem querer ir.

E aconteceu algo ruim.

Não. Não naquele dia.

Então?

O pastor pediu que eu fosse a uma reunião de cura e libertação uns dois meses depois. Depois de nos ganhar. De me ganhar. Não tinha me ganhado, não. Só era tudo o que eu tinha. E fui.

Foi?

Fui. Fui sim. Ele estava sozinho. Me levou até sua sala. Ouviu minha história. Sabe. É isso que me deixa puta. Ele ouviu minha história inteira. Eu contei tudo, como nunca tinha contado pra ninguém. Eu chorava e falava. Parava. Continuava. Chorava e falava. Até terminar e me sentir tão leve como se a vida pudesse começar de novo ali mesmo, a partir daquele momento. Foi quando ele se levantou da cadeira, veio até mim e me abraçou. Eu o abracei tão forte. Moço, era tudo o que eu tinha.

E o que aconteceu, moça?

Ele me disse que minha infância tinha sido tirada de mim muito cedo e que ele faria um rito de devolução da minha infância. Que ele faria o que o padrasto me fez, só que como quem me devolve àquele momento, pra que eu partisse dali diferente de como segui no passado. Deu meio passo pra trás, abriu o zíper da calça e colocou o pau pra fora. Já estava duro. "Agora chupa aqui, menina".

Meu Deus do céu.

Eu perdi tudo o que eu tinha. Corri sem direção nenhuma. Não voltei pra casa da tia. Parei sei lá onde e andei até o centro.

Quantos anos você tem?

Vinte e dois.

Meu nome é Fabrício.

Fabrício, eu já chupei mais pau nessa vida do que bala e pirulito. Mas hoje, não. Ele passou de carro aqui na Augusta. Oito anos depois e aquela cara me fez tremer inteira, como se tivesse vivido isso ontem. Não fui embora porque sou mulher. Sou puta. Já fugi duas vezes. Não fujo mais. E se alguém me quiser, hoje, é só pagar. Só não faço oral. Não hoje pelo menos. Hoje, não.

Tá aqui seu dinheiro, moça. Acho que nunca conheci uma mulher tão incrível. Só quero uma coisa de você. Seu nome. O seu nome de verdade.

Agnes.

E o que significa Agnes? É o nome de minha prima mais querida.

Eu não sei, Fabrício. Acho que já não importa mais.

FABRICIO CUNHA é graduado em Teologia e Ciências Sociais e mestre em Ciências da Religião. Autor de *Eu, tu, ele, eles* (Editora Reflexão, 2015) e de *Juro que tentei* (Ofício das Palavras, 2017). Participou das Antologias *Palavra diária* (Editora Palavra), *Ultimato* (Editora Casa), entre outras.

Apague seu filho

GAEL RODRIGUES

Eram quase cinco da tarde quando Edna voltou para casa. Todos os dias saía às sete da manhã levando seu carrinho cheio de lixo e percorria as ruas da cidade. Todas. Mesmo que ela mudasse de caminho, e mudava para evitar a monotonia, passava pela frente de cada casa. Eram necessárias dez horas. Se repetisse alguma rua, demoraria mais. Se faltasse uma, estaria mais cedo em sua casa. Assim, depois de quarenta anos fazendo a mesma coisa, não errava mais. Por sorte a cidade tinha o mesmo número de habitantes desde que ela nascera. Todos a conheciam e ela conhecia todos. O que era bom. Até aquele dia.

– Você não viu Marcos?

Ela perguntou, e o vizinho que estava na janela entrou sem responder. Deixou o carrinho vazio em frente ao portão e entrou. Tomou banho, comeu pão com café enquanto percorria os cômodos. Inspecionava. A cama do filho continuava intocada. A mesma comida na geladeira. Às sete da noite sentou no sofá em frente à TV. Na tela, apenas estática. Havia mantido o costume de ver TV mesmo após dez anos d'O Corte. Ficava sentada por horas assistindo ao chuvisco cinza. Por vezes, Marcos sentava ao lado e juntos fingiam apresentar o noticiário ou encenar uma novela proibida. Eram bons em inventar. Dormiu.

Acordou. Já estava claro. E só depois de tomar banho, comer pão e café inspecionando a casa, procurando pegadas no chão e no teto, é que, prestes a sair , notou o envelope debaixo da porta. Devia ser do Marcos. O filho saiu há duas semanas e não dera mais notícias. Não apareceu, não ligou. Quando alguém pegava algum lixo de seu carrinho quando andava pelas ruas, perguntava se tinham visto o filho. Todos conheciam ele porque todos se conheciam na cidade, o que era bom, mas nesse caso não pareceu servir para muita coisa, já que ninguém sabia de seu paradeiro. Ao menos agora deixou uma carta explicando.

Não era dele. Ela leu uma e duas vezes, e uma terceira para ter certeza do que lia. Era do Ministério. Dizia:

Apague seu filho

Apenas isso. Ela entendeu, mas não acreditou. No envelope havia borracha e uma tesoura sem ponta. Devia ser alguma brincadeira de Marcos, só podia. Colocou a cabeça para fora de casa, quem sabe ele estivesse por perto esperando aos risos a reação dela, era o tipo de bobajada que ele gostava de fazer. Não. Lá fora apenas o carrinho já cheio de lixo esperando. Pensou em ligar para o Ministério, mas nessa hora ninguém deveria ter chegado. Era melhor trabalhar.

Empurrou o carrinho pesado de tanto de lixo, gritando lixo, olha o lixo, e uma e outra porta abria, iam em direção a ela, escolhiam um dos sacos, todos pretos, uns maiores, uns menores, uns com cheiro mais forte, outros leves como se estivessem vazios, agradeciam, obrigado, dona Edna, e os levavam para dentro de casa. Como nos outros dias, aproveitou para saber se sabiam de Marcos, Marcos não tinha voltado para casa. Antes diziam que não, não tinham visto, há tempos não o viam, mas dessa vez, quando ela perguntou aflita se sabiam do filho, desconversaram. Fingiram não ouvir. Uns pareceram nervosos e esqueceram de levar o saco.

Quando Renato saiu de casa em direção ao carrinho dela, e ele não pegava lixo há umas duas semanas, ela sorriu. Ele e o filho tinham estudado juntos a infância toda, eram amigos, tinham saído juntos no dia em que Marcos não voltou. Ele escolheu o saco evitando olhar para ela, ela buscando os olhos dele desviando dos sacos.

– Você sabe onde Marcos está?

– No conheço nenhum Marcos.

Ele pegou um enorme saco e se foi. Ela entendeu, mas não acreditou. Já deviam ter recebido a mesma carta. Dos outros até entenderia, mas eles dois eram amigos. Marcos inclusive foi padrinho no casamento com sua mulher dentuça. Teria muito trabalho para apagar as fotos. Ela não apagaria.

Empurrou o carrinho mais rápido, passou por todas as ruas, era sua obrigação, mas evitou gritar lixo, olha o lixo, para que não viessem e se demorassem e ela se demorasse. Chegou uma hora mais cedo em casa. Separou todos os álbuns, caixas de fotos, tirou os quadros das paredes. A borracha e a tesoura sem ponta, de cima da mesa, observavam Edna agir ferozmente: protegendo aquelas fotos, protegeria o filho.

Colocou o que pôde numa caixa. Cavou um buraco no meio da sala, escondeu a caixa, tapou o buraco, cobriu com a poltrona em frente à TV. Lembrou de procurar digitais pelas paredes e móveis. Tomou banho, comeu seu pão com café e sentou no sofá para descansar. A estática da TV nesse dia, além de acalmar seus nervos, também fez companhia.

Era tarde da noite quando se deu conta do envelope embaixo da porta. Teve medo de abrir, mas tinha que. Todas as cartas do Ministério deviam ser abertas. Dizia:

Pare de fazer perguntas aos vizinhos

Só isso. Dentro, mais uma borracha e outra tesoura sem ponta. Rasgou a carta e juntou a borracha e a tesoura às outras. Edna correu pra janela temendo que alguém estivesse espionando. Do outro lado da rua, pensou ver cortinas se fechando.

Também fechou a sua. Passou a noite sentada no sofá protegendo a caixa de fotos do filho, em frente à TV com estática. Cochilava e logo acordava pensando ter perdido o horário. Por vezes, ao acordar, teve a impressão de ver cores e formas na tela, como as dos antigos programas a que assistia mais jovem. Era coisa de sua cabeça sonolenta. Precisava dormir para trabalhar no outro dia.

Pela manhã, pulou o banho, tomou pão com café rapidamente. Se saísse mais cedo, fosse mais ágil, terminaria o trabalho logo e poderia ir ao Ministério pedir informações detalhadas do que estava acontecendo. Devia ser um erro. Seu filho não era um rebelde, deviam ter se confundido. Ligaria agora para lá, mas eles não teriam chegado.

Em frente a sua casa, o carrinho estava lotado. Empurrou com pressa. Tentou dizer lixo, olha o lixo, mais baixo para que ninguém saísse, ninguém fosse pegar, mas nesse dia parecia que todas as casas precisavam de um. E se demoravam escolhendo, pegando os seus. Às vezes gritavam para que ela voltasse porque haviam pegado o lixo errado. Ao terminar o trajeto, deixar o carrinho vazio em frente a sua casa, não havia mais tempo para visitar o Ministério. Pensou em ligar, mas eles já deviam ter ido embora. Ao fechar a porta, encontrou o novo envelope.

Apague

Apenas isso. Eles nem faziam mais questão de complementar o verbo. Todos já haviam apagado seu filho, menos ela.

Teve medo de tomar banho, comer. Não deixaria o filho desprotegido na caixa embaixo da poltrona, então ficou sentada, em frente à TV com estática enquanto o sol se pôs, a noite chegou, continuou e se foi, e o sol já estava de volta quando ela se deu conta de que tinha esquecido de dormir. A poltrona estava quente e estava quente a caixa e devia estar quente o filho. Mas tinha que sair. Mesmo com sono deveria ir trabalhar, quem sabe se passasse calada pelas ruas ninguém pegaria lixo nenhum e ela poderia ir ao Ministerio resolver esse imbróglio uma vez por todas.

Pegou o carrinho cheio de lixo, percorreu cada rua, calada sem chamar atenção e, realmente, poucos saíram, e o carrinho continuou pesado, cheio de lixo, e o dia passou, a tarde chegou, e só quando era quase noite ela notou que repetiu algumas vezes os mesmos lugares. Estava se perdendo naquela cidade que ela conhecia tão bem. Quarenta anos fazendo a mesma coisa. Parou e respirou. A casa a sua frente era de Renato, o amigo de Marcos. Quem sabe se ela batesse na porta, fizesse as perguntas certas, pedisse para entrar, poderiam conversar sem que fossem vistos.

– Não sei do que está falando, dona Edna.

Ele respondeu sem ao menos abrir a porta. Segurava um bebê no braço e tratava a mulher como se tivesse uma doença contagiosa. Ela insistiu mais um pouco. Disse que o filho não era um rebelde. Era um pouco insatisfeito sim, reclamava um pouco aqui e acolá, mas nada que merecesse aquelas borrachas e tesouras que o Ministério estava mandando. Renato poderia ligar para o Ministério e ele mesmo explicar.

– Olha, dona Edna, gosto muito da senhora, mas a Cidade está melhorando, depois da Grande Crise estamos entrando nos eixos, minha filha até que enfim pode ir ao Parque no próximo ano. Ela só foi ao Parque uma vez.

Ela entendeu, mas não acreditou. Ele se recusava a falar o nome do filho dela, recusava-se a dizer qualquer coisa que a acusasse de ser uma péssima mãe, de ter criado um filho que era contra a Cidade. Preferia que ele falasse esse tipo de coisa, ao menos assim ela teria a presença do filho num lugar fora de sua cabeça. Eles estavam apagando o filho até da própria língua. Em pouco tempo ele não seria mais nada. E esse bebê que ele tinha nos braços, quando tinha nascido? Ele tinha nascido para manter o número de habitantes? Teria dito tudo isso, se ele não tivesse fechado a porta.

Voltou para casa já tarde, deixou o carrinho ainda cheio de lixo na porta. Entrou. A porta não estava trancada como das outras vezes. Alguém havia entrado. Inspecionou cada cômodo, cada canto, cada fenda, mas não havia sinal de ninguém que houvesse passado por ali. Devia ter esquecido aberta. Estava fora de si. Tinha que dormir. Comer algo antes. Não. Devia dormir. Descansar. Sentou na poltrona em frente à TV de estática. Os olhos ficaram pesados, o corpo doía, a cabeça caía para frente, mas ela acordou, ou não dormiu, não sabia. Na tela, uma mulher vendia pacotes de lixo. Pretos, azuis, amarelos. De vários tamanhos, formas. Sacos de lixos como ela sempre quis, mas o Ministério não disponibilizava. Ao seu redor, a sala estava iluminada pelas cores da TV que antes só tinha o cinza de chuvisco. Levantou, sem tirar os olhos da poltrona e, da janela, viu as salas dos vizinhos iluminadas de cores. Sempre desconfiou de que nenhum deles havia jogado a TV na época do Corte. Não era só ela, eles também: coloridos sem dormir. Fechou a cortina, e tudo voltou ao cinza habitual. Na TV apenas estática. Ela tinha que dormir. Precisava. Amanhã levaria o carrinho de lixo para o Ministério e só sairia de lá com o filho. A TV se desligou sozinha, tentou ligar novamente e continuaria tentando se não estivesse com muito sono.

Era meio-dia quando acordou. Estava atrasada. Levantou da poltrona fumegante em direção à porta. Iria correr com o carrinho e ninguém perceberia que estava atrasada. Faria seu trabalho como sempre fez e...

O carrinho estava vazio. Procurou pela rua se alguém tinha pegado seu lixo ou guardado em algum lugar, mas não. Ia ligar para o Ministério. Precisava mais que nunca. A essa hora ninguém estaria lá, mas ela ligaria mesmo assim.

Não foi necessário. Assim que passou pela porta, viu o envelope.

Não precisamos mais de seus serviços

Apenas isso. Dentro do envelope mais uma borracha e uma tesoura. Com ponta dessa vez. Colocou-a junto das outras e notou que havia uma tinta preta ainda fresca nas tesouras. As borrachas estavam pela metade.

Ela precisava fugir dali. Correr dali antes que batessem à sua porta e sumissem com ela. Mas não iria só. Levaria o filho. Se ela passasse pela Fronteira com o filho, quem sabe o trariam de volta. Afastou a poltrona, cavou o chão da sala e tirou a caixa com as fotos. Estava quente. Teve medo de abri-la. Queria lembrar o filho. Rever o rosto. Registrá-lo em sua cabeça para nunca mais esquecer. Teve medo de abrir a caixa antes do tempo necessário. Medo de que tivessem entrado ali e tirado todo seu conteúdo. Alterado. Feito seu filho desexistir.

Andou de um lado para o outro da casa sem saber o que fazer. Para onde ir. Eles haviam entrado sem sua permissão e entrariam de novo. Eles podiam estar lá dentro, esperando o momento em que fechasse os olhos e dormisse. Não podia dormir. Não. Embaixo da porta havia outro envelope. Não leu. Não faria mais o que eles mandavam. Eles queriam apagar seu filho, não havia perdão. Seu filho... qual o nome do seu filho? Malditos. O que eles estavam fazendo com ela? Dentro do envelope havia mais uma borracha e outra tesoura. Jogou pela janela. Os vizinhos atrás das cortinas observavam. Colocaram a cabeça para fora como se estivessem vendo algo chegando.

Alguém estava vindo.

Eles.

Muitos deles.

Podia ouvir a marcha.

Edna enterrou a caixa quente e pulsante de volta no buraco. Colocou a poltrona de volta, ligou a TV e esperou. A estática a acalmou. A poltrona começou a se mexer com o *crack* que a caixa fez. Bateram à porta quando ela decidiu que o nome do filho seria Marcos.

GAEL RODRIGUES é escritor paraibano. Seu romance inédito *Terra laranja* venceu, em 2017, o Prêmio Literário da Fundação Cultural do Pará. O juvenil *A menina que engoliu um céu estrelado* venceu o Prêmio Cepe 2018 e foi finalista do Prêmio Barco a Vapor no mesmo ano.

Plano sequência

GISELE MIRABAI

Uma pequena mosca toma coragem e levanta voo no centro da cidade, já ocupado em massa pela população. Bate as asas em meio aos braços erguidos dos manifestantes até pousar em uma placa, onde se vê uma caveira desenhada. Fica ali apenas o tempo de levantar-se de novo e chicotear seu corpinho em uma faixa com os dizeres *Temos o direito de morrer*, sustentada por dois homens magros e esbranquiçados. Neste exato momento, seu zunido é abafado pelo helicóptero da tevê, que filma um caixão gigante, ícone plástico das passeatas. É ali que a mosca desce e pega fôlego, enquanto observa velhos deitados em macas desfilarem pelas ruas junto a mutilados e doentes, todos reivindicando a morte, um direito básico que lhes foi retirado. Em um sobrevoo que é pura audácia, ela agora avança pela multidão, até encontrar um sorvete de morango nas mãos de uma criança e, aí sim, aterrissa dentro dele de uma só vez, num torpor de leite, anilina e açúcar, o gozo máximo de sua aventura. Demora um pouco no clímax até o anelar do garoto lhe dar um peteleco e ela voar estonteante em busca de água e cair por sorte (existe sorte?) na fonte romana da praça. Embebeda-se de espirros d'água ao tempo em que escuta umas conversas, *Mais do que morrer, quero morrer em casa/ Não aguento mais viver/ Prótese no coração me faz cócegas*. Chacoalha e mexe e balança a mosca e então, plena e molhada, esfrega-se na camisa de um senhor sentado no mármore da fonte, um senhor que limpa os óculos enquanto lê o jornal, *Manifestação contra a Imortalidade ocupa as ruas da cidade,* um senhor que suspira e lamenta, se os homens perderam a premissa de morrer, que dirá os jornais, as notícias, as histórias são as mesmas de sempre, mas a mosca não pensa muito nessas coisas. Gorda, feliz, saciada, é atraída para a boca de um megafone em busca de um repouso quente. E no mesmo segundo em que ela entra na tuba, a voz do líder retumba pelo comício, *Eles nos tiraram o direito de nascer de forma natural; depois, o morrer de forma natural. Agora nos tomam a base de nossa humanidade, o direito de partir deste mundo. O nome disso não é a tão sonhada Imortalidade, mas sim a mais nefasta Escravidão.* Chispada para sempre pelo som do megafone, a mosca tenta se agarrar na letra n do nascer, depois no m do morrer, ela busca de todas as formas segurar-se na onda sonora daquelas palavras, mas não consegue. A força das cordas vocais vivas do homem a empurra com violência e ela sai rodopiando pelos ares, tonta, girando, sem saber quem é, sem saber quem somos e sem saber, afinal de contas, qual o sentido da existência de uma mosca. Atordoada em redemoinhos, cai no ombro de uma jovem de cabelo azul, que a mata com um simples tapa. Ela deixa de respirar e, mesmo que viver tenha o sabor excelso de sorvete, no momento em que seu sangue explode para fora do corpo, torna-se o ser mais invejado da cidade.

GISELE MIRABAI é escritora e roteirista. Estudou Artes Cênicas na UFMG, cinema na London Film Academy e é pós-graduada em Literatura pela UFF. Seu primeiro romance, *Machamba*, foi finalista do Prêmio Jabuti 2018, vencedor do 1º Prêmio Kindle de Literatura e selecionado pela bolsa Funarte de Criação Literária. Também é autora do livro juvenil *Guerreiras de Gaia*, adotado por diversas escolas do Brasil; roteirista e diretora do longa-metragem *Homem livre*, além de três curtas de ficção, premiados em festivais de cinema de todo o Brasil.

Queda de rins

GRAZIELA BRUM

Meu Cativeiro
Trago em meu peito
A minha sina é trabalhar
Mas eu vou dançar meu balé nagô
Vou movimentar meu Brasil
Xangô
Axé odará irmão
Axé odará irmão

MESTRE MOA

Vem o maluco, o nego, na mesma lorota, mata não mata, desce a ladeira, cabreiro que é, vai brocar na esquina. Numa sinuca de bico, segue o passo, repassa a ideia do Zelua, não sabe se sabe, porque é sangue que desce, sobe, que sobe, toca batuque, numa pipoca, quem sabe soco na cara. Chacoalha a cabeça, repica cabelo, puxa a bolsa da mulhé. Um grito que grita, na rua, ladrão, ladrão, se agacha, sobe, berra, segura o bagulho, solta, não solta não, que porra é essa? Que porra! Deixa para lá, não deixa não. Solta vadia, solta. Grita ladrão. Cai fora, sai marginal. Passa o sarrafo na madame. É barril. Cai fora, é barril. Broca com tudo e ainda assim não arranca a bolsa da mulhé. Corre, não corre, fica e puxa. Solta vadia. Não solta não. É sangue no olho, medo na cara, sobe a cabeça, por essa não. A raiva no dente, a espuma na boca, toma cuidado com o neguibara nega. O ferro na mão. Isso não, isso não. Segura a bolsa. Não puxa, puxa não. Que porra é essa? O que é isso madame? Deixa pra lá. Agora não. Toma, não era isso que queria? Cai a bolsa da mulhé. Puxa gatilho. Ladrão. Não não! Puxa gatilho, agora não. Puxo.

Quer encarar, filha da puta? Não, não. Pensa que pode vir aqui levar o que é meu? Corre, seu merda, vai morrer também desgraça, que nem o outro nego? Caralho! Era só uns troco. Agora é barril.

Corre, corre na Carajós, pega o busão na beramar, sai da Pituba, sai logo. Não olha pra trás, já foi, o corpo tá vivo, não tá não, tem sangue por tudo, deixa lá. Não era isso não. Zelua não devia ficar nem eu devia ir. A mulhé bilolou. Que porra negão! Que porra. Não era nem a bolsa nem celular. Fudeu o Zelua. Morre aqui.

Subi pela rua Sr. do Bonfim pra chegar na Natal. É beco, é viela, volto pra casa. As mãos no bolso, um silêncio que grita, covarde, covarde. E agora Zelua? Não era isso não. Bem na virada, o samba de quinta rola na casa da Aniete, o velho Hermes sabe tocar as das antigas, toca até Cartola, e tem novo e tem velho que fica por lá, cerveja de grátis, cortesia do chefe Neguitão. O povo bebe água até cair mole. Deu vontade de parar por ali, tomar uma gelada, quem sabe festejar o corpo? Será que é assim? A gente entra na Saramandaia igual entrou ontem? Sobe a escadaria, como se nada antes existisse? O que passou é último degrau, já está pra trás.

O Zelua era isso, minguado, arretava com tudo, sempre no jogo de quem tem mais precisa dividir. Falei pra ele, qual é negão, o Brasil mudou. Zelua nunca sabe de nada, oh paí. Ah Zelua! Às vezes ajudava ele nas paradas, o maluco ficava seguro quando eu ia junto, dizia pra não fazer nada, meu tamanho faz por mim. Fui uma duas três vezes, coisa pequena, só encostava e Zelua comandava a parada. Uma faca dez centímetros, uma vítima dando sopa, um susto qualquer, uma voz grossa, intimidando o sujeito, e pronto. Depois é correr com a mercadoria para pegar a lotação. Ele sempre queria me dar a metade. Nunca quis, sabia da necessidade do bródi.

Zelua sempre viveu disso, pequenos furtos pelos bairros dos granfinos, mas é menino bom. Não deu para estudar, mas joga capoeira como ninguém. Vivia na busca de arranjar um para sustentar as irmãs, tomava conta da família depois que o pai foi preso e a mãe sumiu com um caboclo que apareceu por aqui. Nunca ficou com nada que não é dele. Só a grana, isso ele se permitia. Bolsa, celular, carteira é pra jogar no mar, na praia do Rio Vermelho. Presente pra mãe. Eh, Odoyá! Inajá gosta quando vem as correntes de ouro, os broches, perfume, batom.

Qual é Zelua, qual é? Agora isso. Que porra. E é beco, é viela, volto pra casa. Numa quebrada, antes da escadaria do Lazo, está o barraco de Zelua. A irmã dele, Day, ali sentada no degrau, e eu? Não falo não. Passei faísca por ela. Que foi Sara, brigou com a Nega Ivete, foi? Diga aí, que pressa é essa? Não amola, Day. Zelua sabia, só faço coisa pouca, nada de violência, nada de morte, nunca, mas é nunca mesmo. "Pra me ajuda Sara, veja aí teu tamanho. Granfino só de olhá o negão, já entrega a grana." Na parceria, eu ia com Zelua, mas tô mesmo a fim de ter uma vida direita, casar de pompas com a Ivete, na Igreja Reino de Deus, sair daqui pra uma casa maior, ter filhos, viajar pra essa praia que a nega tanto fala. Foda! Agora tô com sangue na camisa, com o peito arriado. Zelua era meu bródi, de verdade verdadeira. E é beco, é viela, volto pra casa sem levantar a cabeça, sigo firme, num passo apertado.

Meu barraco com a Nega Ivete está numa rua sem saída. O lugar é pequeno, nos fundos do quintal da casa que o Zé

Bolacha mora com a família. Tive um enrosco rápido com a Nicinha, filha do Bolacha, a Nega Ivete nem desconfia, tem um ciúme da porra, se descobrir, não duvido que me arranque os olhos com aquelas unhas vermelhas. Afe Maria! Chego antes em casa, Ivete trabalha perto, ali no Shopping Iguatemi. Nega, cobra criada, deu, na entrevista de emprego, o endereço da tia que mora no Jardim do Alah, se sabem que ela mora na favela, nem pensar em còntratar a vendedora.

Essa gente de Salvadô se acha muito. Essa mulhé mesmo, com ferro dentro da bolsa. Agora é assim, granfino munido, compra arma de fogo no shopping. Só mostrar carteira de doutor. Ainda vem com polícia toda atrás de mim, tropa de choque, fala que fui eu que puxei o gatilho, que fui eu que matei Zelua. Mas não puxei, sou o Davi, Davi do Sara, peço licença, digo obrigado, amo a Nega Ivete. Minha mãe é honesta, vende acarajé dos bons no alto do Pelourinho, meu pai homem que trabalha duro, pedreiro, encanador. Não fui eu que puxei esse gatilho, foi a mulhé, ela sim, se acha acima de Deus. Nega Ivete avisou, cuidado nesses rolê com Zelua. Ivete é mulher da porra, sempre sabe tudo. Agora eu com isso nas costas, mas nada passa por cima de quem quer vencer, a nega corre, eu corro, não tem por que a polícia chegar em mim. Não tem. Agora como ficar sem Zelua? Se falo da parada, se conto que foi a mulhé, vão dizer que sou bandido.

Passo batido no corredor para os fundos da casa, nem cumprimento a Dona Zica, a mulhé do Bolacha, entro no barraco e tranco tudo. Estou seguro, agora sim, tô seguro. Porra! Que merda foi essa? O barraco abafado, a roupa grudada no corpo, estou suando mais que um cavalo, tiro a camisa, a bermuda, preciso sumir com esses trapos. Abro o isopor na cozinha, pego a garrafa de água, tomo uns goles, derramo o resto pelo corpo. Meu reflexo no espelho é doideira, os músculos duros de quem fez três treinos de capoeira no mesmo dia, o braço tenso, saltando as veias. O corpo todo doído, como se tivesse tomado uma surra na roda. Meia-lua de frente, chapa, martelo, tudo na consciência do nego. Não deu tempo nem de esquivar, subir numa ginga, meter na firula, a coisa ficou feia, e agora Zelua morto.

Queria entender, por quê? Tudo indo bem, Ivete e eu. Zelua já pra pegar cordão de responsa na capoeira. Eu nuns trampos da hora com o Mestre Moa, mas e agora, agora eu com a culpa da morte de um bródi. Parceiro de vida. A água do chuveiro não leva pelo ralo a tragédia. Morte assim não tem jeito não, fica navalhada na carne, deixa cicatriz, pior ainda quando o camarada é teu irmão de história, aí sim, o pecado é em dobro. Zelua morto na rua Carajós, no bairro Pituba, morreu por besteira, por nada. Bandido mesmo, nunca foi. Vai sair na notícia. Ficar registrado, os filhos que terei com a Nega Ivete vão saber que o pai é covarde, deixou o amigo morrer. Que porra!

No quarto, ligo a TV, sempre tem um programa de marginalidade pra assombrar Salvadô. Um apresentador suado, uma fala alta, todo nervoso, repetindo as palavras bandido, polícia e cadeia. Ôh paí oh, o dia inteiro na mesma ladainha, imagina quando encontrarem Zelua caído na calçada, os miolos pra fora do crânio. Nego, morador da favela Saramambaia, vão dizer bem feito, chamar de bandido.

Vesti a roupa do treino, subi a ladeira rumo à academia, todos lá amigos do Zelua. O que vou dizer? Caminho pelos becos da Saramambaia, não sei como vai ser o treino com o Mestre Moa, não tenho condições de subir em corda, levantar pneu, nem mesmo de fazer umas flexões no chão.

Negão, na academia, tudo doido, na bruxa da apresentação do final de ano. Vai rolar grana boa, vamos até num festival em Ilhéus, coisa pra impressionar os gringos, com paga em dólar e tudo. Aí broco meu pai! Sem falar na viagem pra Alemanha, capoeira para a gringada. Zelua e eu metendo maior onda nos estrangeiros, mostrando que a gente não é coisa pouca não. Barril! Mestre Moa tá perigoso, são três treinos por dia, sem feriado nem domingo. Zelua andava empolgado, faceiro com a queda de rins em virada de ponte. A ginga solta, querendo ser Mestre Pastinha, não me pegue, não me agarre, não me pegue não. Tava bonito de ver ele na roda. Agora, sem Zelua, não sei se consigo entrar numa roda.

Fiquei por ali, e a sorte me pegou, Mestre Moa não dá aula hoje, desceu no Pelô. A molecada fez treino de sequência de golpes, meia lua de compasso, armada, esquiva na rasteira. 20, 30 vezes. Jogo rápido e fraco. Quase não deu pra sentir o músculo apertar. Depois os bródis falam do sarau do Brown, do toque no Curuzu, do Ilê Ayê, da mobilização na Paróquia do meio. Linha Viva nenhuma passa na favela. A comunidade vai resistir. Os granfinos da Pituba que façam a volta pela Edgar Franco, vão gastar 5, 10 minutinhos a mais para chegar ao Shopping Iguatemi. Aqui ninguém vai perder casa nenhuma, tá ligado? A juíza já falou, mas essa gente insiste. Representaram a ação. Querem a rodovia passando no meio da favela. Amanhã todo mundo na reunião lá na Paróquia do meio. Os dois filhos do Hermes agitam, falam sem parar, eu escuto, escuto, não consigo entender nada. O mais velho do Hermes pergunta, que tá tão quieto Nego Sara? Nada não. Você não é disso. "Vai ver a Nega Ivete deu uma surra nele." A molecada ri. Eles continuam nessa de que toda a comunidade vai resistir, Linha Viva, que nada.

Deixei a molecada na academia. Ivete deve estar chegando. É beco, é viela, volto pra casa. Tem coisa que é assim mesmo. Fica para trás e pronto. Na quebrada do tio Nazo, Cidreira berra no alto, um tiro de alerta. Corro pra casa. Na cama com minha Nega tudo é melhor que antes.

Zelua sabe, se não falo é porque a gente sabe como que é, nunca que uma madame daquelas, branca, com roupa chique, iPhone novinho, vai pagar crime. Vai colocar a culpa no negão. Se não falo, não é por falta de consideração com nossa amizade, é por situação. Morre aqui. O tiro come lá no pico, qual é dessa gente? É beco, é viela, corro pra casa.

Ivete já chegou. Saudades da minha nega, também como ser diferente, concebida no muro de trás do palco da cantora Ivete Sangalo, a sogra não tinha outro nome pra filha. É, ela veio assim, faceira que só ela. Afe Maria! Consigo respirar pela primeira vez depois do que aconteceu na Pituba. Abro a porta do barraco.

Sara, cadê você meu nego? Tô aqui tô. Oxê, que cara é essa? Não tá escutando não? Cidreira no tiroteio lá no pico. Eh, vi sim. Que foi? Sabe não? Deve ser por causa da Linha Viva, tá sabendo não? Não! Parece que vão ganhar na justiça e passar a rodovia aqui. Ah não, não acredito não. É, pois é, levantar os barracos da Saramambaia. Mas deixa eu falá, nego, hoje uma mulher teve lá na loja e falou de Cancún, eu disse que você e eu vamos passar as férias lá, sabe? Ah Cancún, onde fica mesmo? Ah, eh Estados Unidos. A gente vai sim.

Deitei cedo, Nega Ivete encostou em mim, mas eu queria dormir, dormir e acordar num rolê com o Zelua. Lembrei do dia que fomos em Itapuã. Zelua quis me pagar um acarajé e uma coca-cola lata. "Não é tão bom como o acarajé da tua mãe", me disse, "mas esse acarajé da Dinha é barril dobro". Depois lembrei dele tomando banho de mar, jogava água em mim, as ondas fazendo maior espuma, do outro lado um homem com cara de peixe pirata, quis mostrar pra Zelua, mas ele estava longe, lá depois da arrebentação, com uma morena cabelo negro.

Nega Ivete vem, se encosta. Zelua ali no mar. Desaparece. Afundei a cabeça no travesseiro, acho que chorei. Não sei. Sei que a luz vindo da janela já entrava no quarto. Saramambaia em silêncio. Aí que foi, um tiroteio da porra lá fora. Sabia que a polícia vinha na minha, sabia. Ivete acorda, que isso, nego? Que porra é essa? Não foi culpa minha, não foi, Ivete. Quê?

Alguém bate na porta. Ivete corre, não, não abre. O quê? É Nicinha, abriu. O que é isso, Nicinha, diga, diga logo. Não, Nicinha, não venha com mentiras, falei pra novinha, não venha com calúnias aqui. Que isso, Sara? Que foi? É o exército, vão desocupar a favela. Linha Viva venceu.

Graziela Brum é de Arroio Grande (RS). Idealizou o projeto literário Senhoras Obscenas, o qual coordena junto com a historiadora Adriana Caló. Participa do coletivo literário Escritorxs de Quinta; venceu o concurso Proac categoria romance com o texto *Fumaça*. Publicou *Vejo girassóis em você* (Lumme Editor). Atualmente escreve o romance *Jenipará*.

Mãe judia: uma déspota iluminada

JACQUES FUX

O meu primeiro dia fora do útero judaico foi uma desgraça. Se todos os dias posteriores tivessem sido como aquele, teria pedido ao mundo que parasse para eu descer. Minha mãe e a mãe de meu amigo Bernardo tinham escolhido para nós a melhor escola da cidade. Óbvio. Mesmo assim era pouco. Uma escola católica franciscana. Elas decidiram autoritariamente nos enviar por transporte escolar. Uma forma de interação com o mundo *goy*. De inserção e assimilação.

E o primeiro dia de aula chegou. A aula começaria às 13h. Ao meio-dia deveria estar pronto para ser buscado. Almoçado. Cabelo penteado. Camisa para dentro da calça. *All Star* amarrado (naquela época, *All Star* não era coisa de gente alternativa não. Pelo contrário. Mamãe assim me vestia. E era assim que deveria me vestir.). Meias limpas. Bermuda marrom. Camisa branca com o símbolo CSA. Mochila com todos os livros. Nomes no caderno. Tudo pronto.

Lembro-me ainda do medo diante do desconhecido. Do imponderável. Do recomeço de uma nova vida. Do espanto frente ao futuro que deveria ser vivido. Desci, à espera do transporte escolar. Aflito. Bernardo, próximo da minha casa, deve ter sentido o mesmo que eu. Sem muito falar. Sem muito mostrar seu sofrimento. Esperamos infindáveis minutos. Minha mãe acompanhava minha angústia pela janela. O transporte não chegava. Caos. Confusão. Nunca é bom sair de casa no primeiro dia escolar. Deveria ser feriado.

O carro chegou, finalmente. 13h. Atrasado. Muito atrasado. A motorista, louca, disse que não daria tempo de buscar o Bernardo. Minha mãe se desesperou. Fui com o transporte escolar, em pânico, para a aula que já começara. Minha mãe foi, em pânico, buscar o Bernardo para levá-lo. Logística perfeita. Será que o colégio tinha acordo com o transporte escolar? Não seria punido por atraso? Já pegaria uma suspensão no primeiro dia letivo? Descobririam que um judeuzinho, daqueles culpados pelo deicídio, já estava atrapalhando novamente o mundo católico. Atrasado. Atrasando. O que seria de mim? Converter-me-iam à força? Já beberia neste primeiro dia o sangue e o corpo do outro judeuzinho? Puta que pariu. Eu estava fodido. Com força. Eu era aquele que não queria ser notado. Que só queria passar margeando a vida. Quieto. Retraído. Tímido (descobri, depois, que o tímido era aquele que, diante de sua certeza de ser melhor do que todos e do que tudo, não queria interagir com o mundo. Era eu mesmo naquele instante!). Esse *brave new world* não era para mim. Onde estava mamãe para me proteger?

Para que se completassem as ironias do dia, o transporte escolar estragou no meio do caminho. Isso sim era uma pedra no meio do caminho. Do meu caminho. Da minha vida. E, às 13h30, já deveras atrasados, tivemos que pegar um táxi. Dois táxis. Outros meninos compartilhavam a minha agonia. Mas acho que estavam mais tranquilos do que eu. Meu pânico era tanto que nem me lembrava mais dos outros meninos. Será que eles sentiram uma pequena parcela do que senti? Coitados. Coitado de mim!

Cheguei à aula às 14h. Portão fechado. Deixaram-me entrar. Minha cara de choro, pavor, medo, era mais visível do que um outdoor. Procurei minha sala. Colégio gigante. No meu antigo colégio havia uma sala para cada ano. Com no máximo sete alunos. Ali a 5ª série tinha oito salas. Cada uma com cinquenta alunos. *Goyim*. Achei, finalmente, a 5ª série "A". Entrei. Nem sei como consegui enfrentar este momento.

Mesmo agora, escrevendo com a distância e, talvez, com certo entendimento e esquecimento do passado, tenho vontade de fugir. De me esconder. De voltar para a escola judaica, onde era amigo do rei. Mas era preciso ter coragem. Sem vontade, adentrei em minha sala. E não fui bem recebido. Primeiro, pela professora, que se assemelhava a um *bulldog* já com idade avançada. Olhou-me com os olhos da morte. Do desprezo. Da censura. Da vontade de punir. Matar. Trucidar (essa foi minha sensação... acho que não foi de fato tanto).

Depois, cinquenta olhares me analisaram. Do *All Star* até meu cabelo de lado, estilo *Superman* (ou *Supernerd*!). Cinquenta olhares. Todos os olhares do mundo naquele instante. Acho que eu nem era capaz de pensar. Muito menos de sentir. Pois pensava e sentia tudo. Todos. Só me faltava o tapa na bunda dado pelo médico me dizendo para nascer. Viver. *Parlare*. E eu vivi naquele instante. Foi preciso. Era preciso. A professora, após me censurar por meu atraso (até pensei em lhe contar toda a história da minha vida, meus sofrimentos, vitórias e derrotas até aquele instante, mas não consegui pronunciar nem uma palavra sequer), permitiu que eu me sentasse. Mas não havia lugares na sala. Todos estavam ocupados por crianças malévolas. Filhos de Lilith.

Mas Deus – ou mamãe, que devia estar acompanhando onisciente a minha primeira provação – levantou a mão de um anjo. O meu anjo. O meu Virgílio. Que sempre me conduziu. Que escolhi para me conduzir nas dificuldades. Acho que essa mão foi até iluminada por um raio celeste. Que alegria ver aquele braço levantado. Era o Bernardo, que já tinha chegado à aula trazido por minha mãe e por sorte do destino estava na minha sala. Sentado na última carteira. Sozinho. Ansioso pela minha chegada. Para o seu lado me dirigi. Queria lhe dar um abraço. Um beijo. Chorar em seu ombro. Lamentar ter que viver. Ter que seguir a vida. Assim, desprotegido. Ele seria, a partir desse instante, meu protetor também no colégio. Meu ombro amigo. Meu ombro irmão. O irmão. E, lado a lado, ficamos. Mudos. Eu nunca soube o que o Bernardo sentiu naquele dia.

Eu sempre fui o fraco. O sentimental. O frágil. Bernardo, não. Pode ser que ele tenha sentido a necessidade de ser meu irmão mais velho. Cuidaria de mim. E não poderia, portanto, sentir o medo que eu sentia. Ao seu lado, sempre estive protegido. Como naquele dia, o novo primeiro dia do resto de nossas vidas.

Mas tudo pode piorar um pouco. E piorou. Na hora do lanche, enfrentamos uma grande fila para comer alguma coisa. E não éramos espertos. Longe disso. Ficamos plantados na fila. Ingênuos. Todos lutavam para comprar algo. Nós esperávamos calmamente nossa vez. Bernardo e eu, acompanhados do *dibouk* – o demo judeu. Ele, já conhecendo os pactos e desvios da vida, tinha trazido seu lanche. E, junto a nós, comia e dizia que não iríamos lanchar. Que ele, sábio, anjo caído, tinha trazido seu lanche de casa. Mas nós, almas puras, acreditávamos neste Deus bom que provém os necessitados. E nossa necessidade era atingir a cantina. Mas esse velho, estúpido e doente, sempre a escarrar no chão e dizer indecências, estava preocupado com outra coisa. Ainda bem. O sinal tocou. Não lanchamos. Não imaginávamos que isso pudesse acontecer. Na escola judaica, todos tinham lanches especiais. Até os que eram *kasher* recebiam seu lanchinho no devido lugar. A escola cuidava do nosso bem-estar. Já nesse colégio *goy* ficamos largados. Não comemos nada. Fome. Ainda tivemos mais dois horários de aula. Imagino, mas não me lembro.

Chegamos em casa. Fome. Cansaço. Pânico. Medo. Minha mãe me perguntou, entusiasmada, sobre o primeiro o dia. Acredito que ela sempre soube o que ocorreu comigo naquele fatídico dia. Mas ela não podia lamentar o destino como eu. Se ela fizesse algo por mim, eu não teria crescido. Já tive certa dificuldade para crescer. Tinha que enfrentar meus próprios desafios. Dificuldades. Por isso ela, na sua onisciência, não fez nada. As mães são muito sábias! Respondi monossilábico – como por muitos anos faria para esconder minhas frustrações e tristezas – "Bom". "Conte-me mais, meu filho". "Mãe, foi legal".

No outro dia, ao nascer do sol, sentei-me em minha cama ao acordar e chorei. Como havia chorado com a palmada do doutor em meu nascimento. Com soluços e desespero. Com medo, angústia, pavor. Chorei tentando expiar minha dor, meu pecado primordial. Chorei e decidi que não mais estudaria. Que minha formação na vida e na arte já era suficiente. Que meus pais e meus amigos judeus eram o suficiente. Que doze anos bem vividos já me bastavam. Em prantos comuniquei à minha mãe, ainda na cama, que não mais caminharia. Que dali não passaria. Que a vida continuaria no colégio, agora sem mim. Mas minha mãe, sábia e forte – uma déspota iluminada –, como só podem ser as mães, disse-me "Apronte-se menino. Está quase na hora da aula. Não quer chegar atrasado de novo".

Acredito que ela tenha sofrido mais do que eu. Eu, aquele menino que não dava trabalho, que era perfeito e forte, estava em prantos. Seu desejo era unir-se a mim em lágrimas e lamúrias. Dizer-me que o mundo não estava de fato preparado para mim. Para pessoas tão especiais como eu. Ela deve ter desejado me abraçar e não me soltar nunca. Nunca mesmo. Protegendo-me. Lutando contra os outros em prol de sua cria. Do seu amor. Do Amor. Mas minha mãe sabia que, naquele momento, não podia demonstrar sua fragilidade. Era naquele momento que eu poderia me tornar homem. Era ali que meu caráter se formaria. Que eu entenderia que teria de caminhar com minhas próprias pernas. Que era necessário viver. Crescer. Amar. E assim foi. Acho. Invento.

Acredito que exista uma sociedade secreta das nossas mães, num estilo bem *mossad*, não com objetivo de assegurar a existência do Estado Judeu, mas de assegurar o bem-estar psíquico, financeiro, social, sexual e cultural da prole judaica. Dos filhos perfeitos. Esse *mossad* materno deve ter encontros secretos. Clandestinos. Perigosos. Com mensagens secretas, cifradas e de suma importância escondidas em receitas de bolo e de *guefilte fish*.

Lembro-me de uma visita a um parque de diversões com mamãe. Eu fui tentar ganhar um prêmio naqueles brinquedos onde atirávamos com pistolas de ar comprimido. A gente não acertava quase nada. E, apesar do meu esforço, não fui recompensado. Mas minha mãe pediu a vez. Ela deve ter ficado muito comovida com minha frustração. Lá, no manual da mãe *mossad*, os filhos nunca se frustram. E, naquele momento, ela tinha que acabar com esse meu sentimento. Assim o fez. Com a pistola de ar comprimido acertou todos os alvos, sem errar nem um. Uma atiradora de elite. Da elite do *mossad* materno. Nunca soube se foi sorte ou fruto de um treinamento exaustivo fornecido pelo centro de inteligência das *iídiche mamas*. Nunca soube se esse episódio ocorreu. Lembro. Invento. Mas ela acertou e me poupou de uma frustração. Espantado, perguntei-lhe onde tinha aprendido a atirar tão bem, com tanta precisão. Ela me disse ter vencido um campeonato de tiro quando jovem. Não me deu mais informações. Também nunca mais soube. Mas fantasiei e fantasio bastante. Talvez minha mãe seja um dos generais dessa liga secreta, milenar e ainda na ativa. Capacidade ela tem. Posso garantir.

Assim ficciono o que deve ter acontecido. Eu fui para a aula e minha vida continuou. Nesse colégio, outros acontecimentos me marcaram. Lá vivi até a faculdade. Aprendi a caminhar, a duras penas, com minhas próprias pernas. Formei meu caráter. Meu respeito por todos. Pelo mundo. Pelos sentimentos. Aceitei um pouco mais a vida como ela é, e não como deveria ser. Ou como minha mãe queria que fosse. Como todas as mães queriam que fosse. O mundo ideal para seus filhos. Mas ainda não sei muito bem se sou um homem. Se me tornei um homem. Se me tornarei um Homem. Se sou capaz de manter minha calma quando todos já a perderam. Acredito que não. Estou mais para vil e errôneo nesta terra. Também ainda não aprendi a amar. A compartilhar minha vida. Aprendi, pelas sábias lições de minha mãe e meu pai, o que é amor. O Amor. Mas ainda não aprendi como amar alguém, outrem, que seja incompleto como todos. Para amar, é necessário saber-se incompleto e limitado. E escolher algum caminho diante de muitos para seguir. Mas decidir é difícil, penoso. Causa angústia. E eu ainda não decidi. Espero o tapa na bunda para que eu volte a chorar e a viver. Espero a mão levantada do Bernardo me conduzindo pelo melhor – e único – caminho a seguir. Mas essa idealização da sabedoria e da certeza diante da vida não mais existe. Sei disso, teoricamente. Mas continuo esperando. E sigo, ainda inglório e bastardo aos meus olhos. Inglório e bastardo no que poderia ter me tornado, e que ainda não sou.

JACQUES FUX é formado em Matemática, mestre em Ciência da Computação, doutor em Literatura Comparada pela UFMG e em Língua e Literatura Francesa pela Universidade de Lille, na França. Também pós-doutor em Teoria Literária pela Unicamp e pela UFMG. Foi vencedor do Prêmio São Paulo de Literatura com o romance *Antiterapias* (Scriptum, 2012). Entre seus outros romances estão *Brochadas: confissões sexuais de um jovem escritor* (Rocco, 2015), menção honrosa no Prêmio Nacional Cidade de Belo Horizonte; *Meshugá: um romance sobre a loucura* (José Olympio, 2016), vencedor do Prêmio Manaus de Literatura 2016, e *Nobel* (José Olympio, 2018).

Protocolo

JAVIER ARANCIBIA CONTRERAS

Alberto Lamár está sentado sozinho em uma cadeira de frente a uma vigorosa mesa de madeira onde se pode ver, ao lado de uma amálgama de objetos distintos e pilhas de papéis amontoados, uma placa: “Matias Mitiaki – Comissário – Secretaria Geral da Lei e da Ordem”. A placa está visivelmente lustrada. O aço escovado brilha e parece um metal precioso em meio à bagunça de repartição pública do lugar. O nome, a função e o órgão no qual trabalha estão pintados de preto, impecáveis.

Lamár aparenta ser mais velho, mas tem apenas quarenta e poucos anos. É magro, mas seus braços relaxados têm curvas e veias grossas na altura do antebraço. Usa camiseta branca, calças largas cáqui e botas marrons gastas que sugerem pés grandes de um homem grande, o que ele realmente é, embora pareça ser menor sentado e curvado ali.

É muito branco, têm os cabelos desgrenhados, compridos e endurecidos pela sujeira, assim como a barba cheia. Os olhos são fundos e, escamoteados por mechas do cabelo que caem pela testa, não dão a nítida informação sobre o que ali se esconde ou revela. Lamár decididamente tem um aspecto cansado e sujo por fora. Seus dentes, embora não se possa ver, têm uma cor entre o amarelo e o marrom claro, um pouco apodrecidos, provavelmente pela assiduidade com que fuma cigarros. É tudo o que ele quer fazer ali: acender um cigarro. Mas ele sabe que não pode.

O calor opressor do lugar e a situação o tornam ofegante, tenso, o suor desce por sua testa. Ele olha para os lados, como que procurando algo. Observa o relógio da parede que marca 5h10. Não há janelas no lugar. Por isso não sabe se ainda é noite ou se o dia já deu as caras. Acha estranho um lugar sem janelas, mas pensa que isso talvez possa ser proposital. Depois olha para o alto e vê o ventilador de teto parado. O motor do aparelho, porém, está ligado, o que provoca um zumbido abafado, constante e perturbador.

Logo, a porta atrás dele é aberta e, então, entra no lugar um homem oriental pequeno, porém de aspecto forte. Seus cabelos bem negros são visivelmente tingidos, o que os deixam secos e com um falso brilho, e lhe dão a impressão de estar usando uma peruca de má qualidade. O comissário Matias Mitiaki aparenta ter por volta de 60 anos e possui uma anatomia que beira o estranhamento. Suas pernas parecem maiores do que o tronco, embora todo o conjunto seja pequeno. Ele aparenta ser maior do que um anão, mas menor que o tamanho normal de um homem pequeno. Além de tudo, o comissário Matias Mitiaki é manco.

"Pro diabo com esse calor...", ele resmunga assim que vê o ventilador de teto parado.

O ventilador continua sem funcionar, mas o ruído do motor em espera é ainda pior. Ele conhece bem a angústia daquele som, bufa pelo nariz, apanha uma cadeira que está ao lado de Lamár e sobe com muita dificuldade devido ao problema com a perna. Por um momento, Lamár pensa em lhe oferecer ajuda, mas ao mesmo tempo quer assistir ao espetáculo do agente da lei manco e baixinho sobre a cadeira na ponta dos pés. Só assim, Lamár consegue observar seus sapatos com solas grossas de ao menos cinco ou sete centímetros. Mitiaki, com as mãos, empurra as pás da hélice, sem sucesso. Tenta novamente com mais e mais força. Após um tremendo esforço, o ventilador começa a funcionar. Os dois observam o movimento do aparelho até o som peculiar das pás impulsionar o ar e gerar o vento que passa a dominar o ambiente.

"Melhor?"

Lamár sinaliza que "sim" com um breve menear de cabeça. Mitiaki, então, saca o paletó e revela a camisa branca de botão de manga curta molhada nas axilas. Revela também um coldre lateral onde se pode ver uma pistola prateada.

"Não sei como ainda se usa terno num país quente como o nosso...", Mitiaki diz meio sem compromisso e caminha até o outro lado da mesa, onde pendura o traje no encosto de sua cadeira e afrouxa do pescoço a gravata preta fina.

Continua de pé. Olha pela primeira vez para Lamár, analisando-o em silêncio. Parece semicerrar os olhos para tanto, mas é só uma impressão, já que tem os olhos rasgados peculiares aos orientais. De repente, num átimo, faz uma careta horrível, de sofrimento. Lamár só o observa e permanece calado. Mitiaki se senta na sua cadeira e dá um sorriso frio, apanha o telefone e aperta uma tecla. Fala algo em japonês e desliga o aparelho. Depois olha bem para ele.

"Sabe, fui baleado duas vezes na minha carreira. Na primeira, eu era bem jovem e atingiu meu braço direito, mas o projétil atravessou a carne sem quebrar qualquer osso. Na verdade, nem doeu. Mas na segunda vez não podia ter sido pior: o tiro foi bem no joelho. De ponto quarenta. Esmigalhou toda a rótula. Os médicos nem sabem como não perdi a perna. Quando me recuperei, mais de um ano depois, fui logo obrigado a sair das ruas, que era o que eu gostava mesmo de fazer. Eu não conseguia mais correr atrás dos caras, dos bandidos, entende?"

Enquanto o comissário conta sua história, sua voz parece ficar cada vez mais distante para Lamár, que transpira, pisca forte e repetidas vezes para espantar o cansaço. O comissário não deve saber os detalhes de todos os que são levados até a sua sala, talvez não saiba que ele está há dias sem dormir. O som de batidas fortes na porta da sala o desperta de seu transe. Uma mulher, também oriental, idosa e um pouco corcunda entra na sala com uma bandeja nas mãos. Nela, dois copos d'água, um deles abarrotado de gelo, e dois cafés fumegantes em copos plásticos. A velha olha para Lamár com um jeito entre o estranhamento e a curiosidade antes de pousar a bandeja na mesa do comissário e sair. Mitiaki abre uma das gavetas de sua mesa e apanha uma cartela de remédios.

"Achei que não fosse sentir uma dor maior do que o tiro no joelho...", diz e faz um intervalo no qual toma dois ou três comprimidos, bebe a água gelada e faz outra careta horrível. Demora um tempo a se recuperar. "Mas o destino, ou seja lá o que for, fez o favor de me premiar com uma úlcera que está acabando comigo...", continua.

Mitiaki para de falar e olha o copo d'água e o café à frente de Lamár intactos.

"Comissário, por que estou sendo preso?", ele enfim diz alguma coisa.

De forma quase teatral, Mitiaki olha para todos os lados do ambiente.

"Preso? O senhor por acaso está em uma delegacia? Em uma cadeia? Está vendo alguma grade por aqui?", o observa diretamente nos olhos e depois dá uma risada curta. "Escute, aqui na SGLO não fazemos nada mais do que averiguar incoerências, checar pequenas falhas de procedimento e seguir o protocolo, compreende?! Não há o que temer. O senhor sabe, a segurança e a liberdade andam de mãos dadas..."

Lamár se cala momentaneamente e só o observa. Mitiaki apanha duas pequenas pedras de gelo do seu copo e as enfia na boca, mastigando-as. O barulho é irritante. O comissário bebe mais um pouco da água e faz um barulho de satisfação.

"O gelo. Não vivo sem ele. Sabe, o professor Rudolph Schillenberg disse isso uma vez: a única vantagem da dor é o alívio..."

No momento em que novamente iria começar um novo discurso, Lamár o interrompe.

"Se não estou sendo preso, do que estou sendo acusado?"

"Acusado? De onde tirou essa ideia, homem?!", o comissário dá uma risada incômoda, de um jeito que demonstra indignação e cinismo.

"Bem, o que estou fazendo aqui nessa repartição, então?"

"Ora, não exagere. É apenas uma formalidade. Uma simples averiguação. Uma conversa prudente. Não vai beber o café?"

Os dois se observam, como que se estudando. Mitiaki apanha o seu café e dá um pequeno gole. A fumaça se contrapõe ao seu olhar.

"Comissário, eu gostaria de fazer um telefonema, se não se importa..."

"Telefonar ao seu advogado a uma hora dessa? Precisamos chegar a esse ponto? Eu já lhe disse, estamos apenas cumprindo o..."

"Protocolo?", interrompe o homem e prossegue. "Sim, eu já entendi. Comissário, se não há nada contra mim, eu posso simplesmente ir embora, é isso?"

O desafio de Lamár apanha o comissário de surpresa.

"Obviamente. Como não? Não há nada que o desabone. É um cidadão de bem. Um ex-jornalista bastante conceituado e também um escritor famoso, não?"

E durante a sua fala, ele apanha um dos papéis em uma das pilhas e o usa como um elemento surpresa. Lamár somente observa em profundo silêncio o seu inquisidor. O som das pás do ventilador é quase ensurdecedor.

"Isso é relevante?", Lámar pergunta.

"Tudo aqui é relevante, senhor."

E, logo, os dois desviam o olhar para o ventilador de teto. O objeto começa a ficar lento em seus movimentos.

"Quando isso acontece, já sei que daqui a pouco ele para e não volta. Diabos! Esse calor me deixa doente..."

"Comissário, estou cansado, tenho trabalhado durante muitas noites seguidas..."

Mitiaki o interrompe. Abre os braços.

"Como bem pode ver, isso não é um privilégio de escritores ou jornalistas. O meu plantão acaba às 6h. Ainda temos algum tempo pra conversar. E, além do mais, é um prazer tê-lo aqui na minha sala..."

"Prazer?"

Mitiaki abre um sorriso e seu rosto se transforma. Agora parece um sujeito acolhedor e amistoso.

"Sabe que há muito tempo eu acompanho o seu trabalho? Sou um leitor voraz de jornais. Sempre gostei de seus artigos. Li todos. Sou um admirador, por assim dizer. Uma pena que tenha parado para se dedicar só aos livros, principalmente depois que seus últimos romances foram muito mal avaliados pela crítica..."

"Eu não leio mais jornais..."

"Sim, claro. Um recluso. Um misantropo. É assim que o denominam, não é mesmo?"

"Já disse que não leio jornais..."

Mitiaki o observa por algum tempo. Quer tomar coragem para fazer algo que irá quebrar o andamento do procedimento.

"Fique aí. Quero lhe mostrar algo..."

Ele, então, se levanta e sai da sala. Lamár apanha o copo de café, cheira. Parece tentado a tomá-lo, olha ao seu redor, mas pensa um pouco melhor e se recusa, colocando-o de volta na bandeja. Observa o relógio que marca 5h35. Nisso, Mitiaki entra novamente na sala. Carrega nas mãos um recorte de jornal tabloide. Dá a volta na mesa e se senta. Quando abre a página, Lamár percebe que está todo escrito em ideogramas japoneses. O comissário tem novamente aquele sorriso de satisfação no rosto.

"Sabe, eu também sou uma espécie de escritor. Escrevo artigos para o jornal da comunidade. Pequenos casos policiais, sabe?! Gostaria de ler o que considero o melhor deles para o senhor. Se incomoda?"

Lamár dá de ombros. Naquele momento sente mais tédio do que raiva. Durante longos cinco minutos, ele ouve aquele pequeno homem oriental de trejeitos estranhos falar. Quando, enfim, termina, Mitiaki abaixa os olhos daquele jornal e o encara.

"Vamos, não se acanhe, pode dizer o que pensa..."

Lamár teme que aquele momento possa estar acontecendo. Pode ser um teste, pensa. Se der a resposta errada, pode acabar com problemas. Entretanto não quer se acovardar. Precisa manter a sua dignidade. Se abdicar disso, estará voluntariamente sendo obediente. E a obediência por antecipação é o que de pior pode acontecer a um homem.

"Sinceramente?"

"Sinceramente! Esqueça todo o resto..."

Lamár desconfia. Aquilo pode ser apenas uma realidade articulada para fazê-lo falar. Todos se acostumaram a aceitar a normalização de muitas coisas. Ele não.

"Se quer mesmo uma opinião sincera, achei o texto preguiçoso e previsível. E os elementos da narrativa são, como poderia dizer, burocráticos. O senhor seguiu o caminho mais óbvio, não só por ser linear, isso por si só não é uma falha, mas por ser o mais fácil, o que é a pior coisa que pode acontecer a um texto."

Mitiaki dá um assobio gutural. Coloca o recorte de jornal aberto sobre a sua mesa.

"Bem, não é todo dia que posso ter uma opinião de um legítimo representante das artes, um mestre das palavras!", diz e passa as duas mãos pela testa suada. O comissário foi surpreendido pela resposta de Lamár. Está visivelmente constrangido. "Entretanto, eu não devo levar isso tão a sério. Afinal, é só um artigo amador narrado por um escritor amador que na verdade é só um comissário da lei e da ordem, não é mesmo?! Um bom comissário, entretanto...", respira e continua: "Senhor Lamár, quem sabe o senhor não tenha apenas bebido um pouco demais? Jornalistas e escritores em geral são conhecidos bons de copo, não?"

"Escute, comissário. Acho que o senhor está flertando com a sua ficção. Não há nada. Apenas resolvi sair de casa para respirar."

"Às 3 e pouco da manhã? O senhor sabe o que diz o artigo número..."

Enquanto o comissário passa a descrever toda a legislação burocrática a qual se referiu, Lamár, num rompante, bate com a palma de sua mão na mesa e, com a força imprimida, derruba o seu copo cheio de café em cima do recorte que está sobre a mesa do comissário. Ele ainda consegue ver o líquido preto se alastrar até chegar à fotografia de Mitiaki, no jornal. Lamár sabe que não deveria ter feito aquilo. Que pode haver consequências. Entretanto, um calor de satisfação e de subversão sobe-lhe ao rosto.

"Bem, como dizemos desde o início: a violência não parte de nós...", é a primeira coisa que sai da boca do comissário.

"Sei que não ajuda em nada agora, mas sinto muito por isso, comissário...", Lamár diz, mas pensa exclusivamente no fato de ter arruinado o recorte de jornal com a história do comissário. Sente um certo remorso naquele momento.

Mitiaki, tranquilamente, abre sua gaveta e, com muitos pedaços de lenço de papel, tenta secar o jornal, praguejando baixinho em seu idioma de origem. Logo, Mitiaki segura o jornal parcialmente destruído, com as letras desbotadas.

"Era minha única cópia. Ah, deixa pra lá. Merdas acontecem, não é mesmo?!", e ao dizer isso, ele, silenciosamente e com cara de pesar, amassa o jornal e o atira com força na lixeira detrás da mesa.

Ao mesmo tempo, o ventilador de teto para totalmente de girar. Ambos olham para o objeto parado.

"Diabos. Não falei?", Mitiaki diz e depois fixa o olhar em Lamár. Novamente parece semicerrar os olhos, mas é só uma impressão. "Bem, está ficando tarde. Ou cedo, melhor dizendo. O que o senhor acha que devemos fazer?"

Lamár está tão cansado que não tem mais receio do que pode vir a lhe acontecer.

"O senhor é o comissário. Faça o que tiver que fazer."

Mitiaki tamborila os dedos na mesa. Depois levanta devagar e caminha até o interruptor do ventilador de teto, ao lado da porta de saída, e o desliga. O zumbido some de vez. A sala fica em completo silêncio. Ele abre a porta.

"Muito bem, Sr. Lamár. Descanse e retorne amanhã. Teremos de colher formalmente seu depoimento sobre o ocorrido..."

Lamár levanta e caminha até o comissário. Pela primeira vez pode-se ver o contraste de altura entre eles. Ambos acenam com a cabeça.

"Sim, é claro. Faz parte do...", Lamár diz no momento em que é interrompido.

"Do protocolo... Sim, tudo faz parte do protocolo."

Javier Arancibia Contreras nasceu em 1976 e foi repórter policial. Escreveu o livro-reportagem *Plínio Marcos – A crônica dos que não têm voz* (Boitempo Editorial, 2002) e os romances *Imóbile* (7Letras, 2008), *O dia em que eu deveria ter morrido* (Terceiro Nome, 2010) e *Soy loco por ti, América* (Companhia das Letras, 2016). Foi finalista dos prêmios São Paulo de Literatura, Jabuti e Leya. Em 2012 foi escolhido pela revista inglesa *Granta* como um dos 20 melhores escritores brasileiros com menos de 40 anos. Em 2019, lança seu novo romance, *Crocodilo* (Companhia das Letras).

Bethânia

JEFERSON TENÓRIO

Um dia chegamos a pensar que nosso pai fosse Deus. Nosso pai decretava ordens. Minha mãe consentia. Achávamos que meu pai havia criado o mundo. Habitamos o seu pensamento. Mas agora, depois de tudo, entendo que ele não era nada disso. Nosso pai tentou apenas ser um bom homem. Por muito tempo ele nos fez acreditar que o universo da nossa casa bastava. Era um tempo em que ninguém chorava. Dentro da casa a alegria também não entrou. Ninguém falava em saudade. Havia também outra regra: a de nunca reclamarmos da solidão. Jamais pensei que pudesse me habituar a ser sozinha. Mas depois que meu pai resolveu fechar as portas e as janelas, todos nós tivemos de ser sozinhos. Cada um procurou um lugar para ficar e se acostumar a ser só.

Minha mãe foi a primeira a se aproximar do silêncio. Na época muita gente achou que nossa família tinha enlouquecido. E eu não sabia que ter medo era uma doença. As pessoas ainda me perguntam como conseguimos. Antes eu também me perguntava, mas não tenho respostas.

Só fizemos o que tínhamos de fazer, disse meu pai, certa vez.

Mas aqui não somos livres, pai.

Somos, Bethânia.

Mas vivemos presos nessa casa, longe de todos.

Não, Bethânia, é o contrário, vivemos aqui livres de todos.

Meu pai dizia aquilo sem nenhuma grosseria, sua voz era tranquila, como se estivesse nos ensinando a sobreviver pela solidão. Nosso pai achou que algumas semanas seriam suficientes para que nos esquecessem. Por isso, nos primeiros dias, nada muito diferente aconteceu. Apenas combinamos não sair à rua durante algum tempo. Mas acontece que fomos ficando. Nunca nos dissemos nada. Fomos apenas ficando. Criamos nossas fronteiras. Acostumamo-nos. De repente estávamos lá há três meses. Talvez as pessoas pensem que viver assim é difícil. No entanto, viver com medo é pior. A casa nos permitia desistir do mundo porque ele já havia desistido de nós. Éramos negros. E o mundo a nossa volta tornou-se mais perigoso. Nossos corpos sempre estiveram em risco. Mas, agora, a vigilância sobre nós aumentara. Uma vez por semana recebíamos os mantimentos de um amigo do meu pai. Ele era branco. E ainda podia caminhar pela rua.

Com o passar do tempo, aprendemos a observar os sons da casa. Barulhos domésticos. Os sons das louças do café. Bons dias murmurados e tristes. Pisadas no assoalho. O tilintar dos talheres. Um fungar de nariz. Uma tosse acanhada. A descarga no banheiro. Água na pia. A escova nos dentes. Outros cochichos. Mais silêncios. Outros silêncios, diferentes do anterior. E vinha almoço. Prato nos pratos. Os copos entre si. O barulho da toalha sobre a mesa. Mais pés no assoalho. Mais silêncio. O som da comida nas bocas. O gole na garganta. O garfo na mesa. A faca no chão. E os olhos do pai pedindo para não fazermos barulho. Nossa lei máxima era o silêncio. As conversas amenas sobre o tempo. Não se falava de passeios. Não se falava de política. Nosso mundo era aquele e não reclamávamos. Apenas estávamos ali. Eu havia terminado o ensino médio. Ia fazer 18 anos. Mas não sentia falta da escola.

O fato é que nos trancamos dentro de uma casa e lá ficamos. Aos poucos todos nós deixamos de prestar atenção no mundo. Tinha impressão de que no início nada nos faltava. Não conseguíamos mais pertencer àquela humanidade. Tínhamos outra, dentro de nós, que talvez nunca tenha sido reconhecida pelo mundo que agora nos perseguia.

Todos nós tínhamos medo de morrer.

Deus não entrou lá em casa porque meu pai não deixou. Às vezes ele dizia que Deus era só uma invenção e que só estaríamos a salvo estando em família. Essa era a nossa religião: a família. Meu pai também acreditava no fim dos tempos. E eu não sabia que todo o tempo tem um fim. Nossa casa era muito simples, mas não éramos miseráveis, digo, não passávamos necessidade. Quando meu pai decidiu fechar nossa casa, as coisas mudaram. Meu irmão parou de trabalhar. Minha mãe deixou de trabalhar, meu pai se aposentou e decretou o nosso desaparecimento. Partimos, mas ficamos sempre aqui. Naquele dia, a casa passou a ser o nosso país. Nossa chegada permanente. Nada era mais importante que os limites das paredes.

Em casa éramos diferentes. Criamos um mundo onde podíamos viver. Nos acostumamos a não fazer barulho porque queríamos que nossos vizinhos acreditassem que tínhamos ido embora. Deixamos de ouvir música alta. Eu escutava rádio com meus fones de ouvido. Eu ouvia muitas músicas tristes, a minha preferida era uma que dizia que o mundo era um moinho.

Minha mãe dormia cedo e acordava cedo. Meu irmão passava o dia no quarto deitado olhando para o teto. Às vezes, ele ligava o rádio, mas era apenas para escutar notícias sobre violência. Aos domingos ouvia notícias sobre esportes. Porém, era o meu pai o mais misterioso para mim. Com o tempo, ele deixou de conversar e só resmungava. Acho até que foi por isso que Deus começou a entrar em nossa casa. Várias vezes peguei minha mãe rezando escondida.

Nossa casa não era muito grande. Tinha seis cômodos. Mas acho que ela só tinha quatro quando meu pai a comprou, os outros dois foram construídos com o restante de pátio que tínhamos ao fundo. Era pela TV que sabíamos do mundo. Mas, aos poucos, deixamos a TV de lado. Meu pai dizia que na televisão todos mentiam e por isso as pessoas tinham medo. Mas acho que meu pai se enganou porque mesmo depois de jogarmos fora o aparelho, continuamos a ter medo.

Nossa maior tragédia não foi ter permanecido presos naquela casa. Nossa maior tragédia foi ter saído um dia, pois inventamos uma vida e acreditamos nela. Essa era a nossa salvação. O útero reencontrado. A casa. A casa era a nossa justiça. Um país de nós mesmos. Fazíamos as nossas leis. A casa era o nosso quilombo. Por um tempo a casa nos salvou da loucura ou da apatia das boas pessoas.

JEFERSON TENÓRIO nasceu no Rio de Janeiro, em 1977. Radicado em Porto Alegre, é doutorando em Teoria Literária pela PUCRS. Estreou na literatura com o romance *O beijo na parede* (2013), eleito o livro do ano pela Ages (Associação Gaúcha dos Escritores). Além disso, teve textos adaptados para o teatro. Seus contos foram traduzidos para o inglês e espanhol. É autor também do romance *Estela sem Deus* (2018).

Eu te pergunto, José

LILIANE PRATA

O que me mata no meu primo Vítor, eu digo, deitando-me no divã para tentar, mais uma vez, acordar dos meus pesadelos, o que me mata no meu primo Vítor é que ele adora falar que ama as mulheres, que é louco por mulher, ele sempre foi de comentar nas festinhas e almoços de família que ficou com a fulana, que ficou com a sicrana, ele às vezes pega as fotos das mulheres e mostra pra gente, e também tem isso dele ficar me enchendo o saco falando que eu sou carente, falando que eu fico botando foto na internet para os outros verem, que eu sou bonita e todas essas coisas. Vamos lá, José, você é homem, eu até hoje não sei por que fui escolher um analista homem, mas vamos lá: em primeiro lugar, os homens que falam que são loucos por mulher geralmente são os homens que adoram enlouquecer uma mulher. E esses homens não percebem isso. Eles falam da gente de um jeito que parece que a gente é irresistível e tudo mais, é como naquela música, sabe, *Garotos não resistem aos seus mistérios/Garotos nunca dizem não/Garotos como eu sempre tão espertos/Perto de uma mulher/São só garotos*, essa música é velha, você deve conhecer, essa música é velha e *não* é romântica, ou melhor, pode até ser romântica, mas no sentido romântico de ferrar uma mulher. Pois então. Os caras falam essas coisas, e as mulheres parece que gostam de ouvir essas coisas, não todos os caras, não todas as mulheres, e também não "a maioria dos caras", "a maioria das mulheres", foda-

-se a maioria, eu não estou falando de números, eu estou falando daquilo que fica nos comendo por baixo da terra não depois que morremos, mas enquanto tentamos ficar vivos. Pois então, o meu primo Vítor é esse tipo de homem que fala que é louco mas que enlouquece, que também é o mesmo tipo de homem que acha que desejar sexualmente uma mulher é a mesma coisa que gostar de mulher, é muito engraçado tratar dessas coisas como sinônimas, fico pensando até se seria precisamente o contrário, quanto mais um homem deseja sexualmente as mulheres, mais as odeia, mas nem vou continuar indo para esse lado porque você é homem, né, não sei por que fui escolher um analista homem, se bem que, quando me deito aqui, não é bem pra falar pra você, mas pra falar pra mim, é bizarro esse negócio de fazer análise, mas vamos lá: sábado, eu estava no almoço da minha família, eu estava tranquila, repetindo o estrogonofe, minha tia faz um estrogonofe ótimo, quando minha irmã falou pra eu falar pro pessoal que eu era bígama, porque estou saindo com dois caras, você sabe, semana passada fiquei aqui falando do Caio e do Bruno, né, que eu gosto dos dois e vou continuar saindo com os dois e que isso talvez não seja um problema se eu não pensar nisso como um problema, mas eu penso, mas voltando: minha irmã comentou isso brincando, imagina, "bígama", ninguém usa essa palavra, ela comentou brincando e porque estava no assunto, e todo mundo riu, minha outra tia disse, inclusive, "aproveite a juventude", mas aí veio o Vítor, que pertence a essa espécie de homem que eu falei, essa espécie que não é só a maioria, mas que fica soltando essa coisa que fica nos comendo embaixo da terra, então, aí veio o Vítor e falou que eu era carente, que eu fico saindo com dois homens pra me sentir desejada, e aquilo me revoltou de um jeito, aquilo me revoltou num grau, porque o Vítor quando sai com as mulheres, ele que deseja as mulheres, mas eu, quando saio com os homens, eu sou isso, desejada, como se eu sempre fosse o espelho que reflete a coisa, nunca a coisa refletida no espelho. Eu sempre me senti atraída pelos homens, eu me lembro até hoje do gosto do primeiro pinto que eu chupei nesta vida, eu me lembro do prazer esquisito de sentir o primeiro pinto dentro de mim, eu sempre gostei do corpo de vocês, eu me diverti e me machuquei muito com vocês, mas pra vocês é como se fosse isso, como se eu fosse as sombras da caverna do Platão e como se os caras fossem as pessoas que estão fazendo as coisas lá fora da caverna, você entende como isso é grave? Você entende que o Freud, esse cara aí que você venera, quer dizer, você é lacaniano, né, mas enfim, você entende que o Freud morreu dizendo que não entendia as mulheres, sem parar pra pensar que se nem a gente entende a gente é porque desde pequena a gente foi criada para se enxergar pelos olhos do Freud e de todos vocês e que isso fode o autoentendimento de uma pessoa? Não é que a gente tem inveja do pinto, é que a gente já saca desde que a gente é pequena que a gente vai se ferrar por não ter pinto, a gente já entende que o lugar ocupado por quem tem pinto é melhor do que o lugar ocupado por quem não tem pinto, não é uma inveja do pinto literal, pelo amor de Deus, tanto faz fazer xixi em pé ou sentada, a gente só não quer que quem faça xixi sentado seja fodido, é só isso que a gente quer, e a gente só quer isso porque isso não faz e nunca fez o menor sentido, como pôde Freud ter feito isso com a gente, ter nos chamado de invejosas do pinto em vez de marcadas pela opressão do pinto? Como pôde Freud ter arranjado mais um jeito da gente ser culpada? Não é só aquela velha questão de que homem pode gostar muito de mulher e será considerado um rei, gostar muito entre aspas, né, mas enfim, não é só aquela questão de que homem pode sair com muitas mulheres enquanto a mulher que fica com muitos homens é uma coitada, isso todo mundo sabe, a questão é que toda vez que eu abro as pernas parece que o meu prazer está em receber o prazer dos outros, quando é claro que eu recebo o prazer dos outros, mas eu também tenho alguma coisa aqui dentro de mim geradora de prazer por si própria, quer dizer, não por si própria, mas é assim pra todo mundo, nem sempre é simples ver o que aqui de dentro vem aqui de dentro e o que aqui de dentro vem de fora, eu não acho que tudo venha de fora, eu não acho que a gente nasce como uma folha de papel em branco, a gente tem um dentro, eu tenho um dentro, mas o que eu quero dizer é: quem foi que teve a ideia de entender que a mulher é passiva só porque abre as pernas, você já viu no mundo homossexual masculino como é? O cara que mete é o cara de verdade; o que recebe, eles chamam de passivo não só no sexo como pra além do sexo, pra muito além do sexo, como se ele fosse mais gay do que o que mete, na cadeia o cara que mete nem é considerado gay, você já leu esses livros sobre esses códigos na cadeia, você já leu *Carandiru*, esses livros aí? Nos presídios femininos também é assim, tem a mulher que come e a mulher que é comida, e a mulher que é comida é também sustentada financeiramente e também tem que falar mais baixo e obedecer e tem que aceitar um monte de coisa, no presídio feminino é assim, pesquise. Minha pergunta é simples, por que o que a gente faz com as bucetas e os pintos contamina todo o resto, por que quem tem pinto tem pinto não só na hora de fazer xixi e de trepar mas o dia inteiro, por que quem recebe o pinto ou a cinta-caralho, que seja, por que quem é fodido precisa se foder além da cama? É isso que não entendo, nesse ponto acho que Freud estava certo, é tudo sobre sexo, que inferno isso, veja o caso da minha amiga Alessandra, a Alessandra namorava um cara que era assim, ele levava o vinho, ela fazia a macarronada e vamos supor que ela deixasse o macarrão cozido demais ou errasse no sal, nesse caso ele falava todo gentil que não tinha problema, mas então, dois ou no máximo três dias depois, ele dava um jeito de comentar que fulana de tal fazia a melhor macarronada da cidade, que ele nunca tinha comido nada igual, que a fulana era foda. A Alessandra comentava que gostaria de saber falar bem em público e ele falava ah, com o tempo você vai melhorando, e no outro dia ele enfiava no meio de uma conversa que uma ex dele era mestre na arte de falar em público, e quando a Alessandra falava com ele que estava chateada, ele falava que era coisa da cabeça dela, ou que ela via problema em tudo. Ele até deu um apelido pra ela, "Tretita", porque, segundo ele, ela sempre arrumava treta. Bom, um dia, a Alessandra, quando saiu da casa dele, em vez de voltar pra casa dela ela saiu andando, andando, e andou até parar na rodoviária, e aí lá ela comprou passagem para a primeira cidade que ela viu, nem lembro o nome da cidade, e chegando lá na cidade ela também ficou andando, andando, até que ela foi a uma feira livre, sabe essas feiras cheias de coisas, e aí ela ficou batendo papo com um cara que desenhava as pessoas que passavam, e aí os dois ficaram conversando por um tempo e acabaram se beijando, e ela foi pra casa dele, ele morava no segundo andar de um brechó onde moravam mais sete pessoas, tinha umas dez camas lá, e aí ela passou três dias lá com ele, até que numa manhã, ele estava no banho, ela acordou e, sem saber por quê, pegou a bolsa dela e saiu andando, andando, e quando percebeu estava fazendo o caminho da rodoviária, e da rodoviária ela voltou, e aí ela não atendeu mais os telefonemas do namorado dela, e você acredita que ele nunca foi procurar ela? Ele só telefonou duas vezes, ela não atendeu, ele não telefonou mais. Ele dizia que amava ela, mas nunca apareceu lá pra perguntar o que tinha acontecido, pra ver se ela tava bem, nada, esse namorado dela era mais um desses homens que falam que amam as mulheres, eu te pergunto, José, antes que você se levante, abra a porta e me avise que a sessão acabou, eu te pergunto: você chama isso de amar?

Liliane Prata é autora de seis livros de ficção, entre eles, o adulto *Sem rumo* e o juvenil *O novo mundo de Muriel*, ambos publicados pela editora Planeta. Foi editora de comportamento da revista *Cláudia* e fala sobre filosofia e outros assuntos em youtube.com/canaldalili. É fundadora do coletivo literário Escritorxs de Quinta.

O dia em que encontrei meu pai

LUIZ RUFFATO

(Para Marieta Boimel)

Minha mãe não acreditou quando eu disse que havia encontrado com meu pai. Primeiro, ela riu nervosa, esfregando o dedão esquerdo na palma da mão direita, jeito dela de mostrar aborrecimento. Depois, como insistisse, ficou brava, o rosto vermelho, me agarrou pelo braço e apontando o fura-bolo na minha cara começou a gritar que não fora assim que me criara, não devia mentir, ainda mais sobre um assunto daqueles, e, como continuasse a insistir, passou a me chacoalhar, descontrolada, achei que ia me bater, ela, que nunca me dera nem mesmo um beliscão. De repente, me abraçou forte, chorando, e perguntou, baixinho, entre soluços, Onde, meu filho, onde tu viste ele? Onde encontraste teu pai?

O problema é que minha mãe sempre me achou invencioneiro. Essa palavra só ela usava, invencioneiro. Minha mãe chegava do grupo escolar onde dava aulas de manhã, requentava a comida e me esperava para almoçarmos juntos. Quase sempre quieta, me interrogava olhando o relógio e saía afadigada para dar aulas particulares, emendando com um curso na PUC à noite. Eu gostava de ler gibis deitado no chão da sala, de bunda para cima, esquecido de tudo, ou então de pegar régua, lápis e borracha e, esparramado na mesma posição, traçar ruas e avenidas de cidades imaginárias em enormes folhas de cartolina branca. Nem percebia o cômodo aos poucos ficando menor, na medida em que esvaziava da luz do sol.

No edifício onde morávamos, um prédio velho de cinco andares, não conversávamos com ninguém, só mesmo bom dia, boa tarde, boa noite. Minha mãe dizia ser aquilo um ninho de mexeriqueiros, palavra que também só ela usava, mexeriqueiro. Quando me indagavam sobre meu pai, respondia, como ela ensinara, que ele tinha morrido, mas se quisesse saber mais, minha mãe desconversava, eu percebia as lágrimas, mas fingia que não. Nem meus avós paternos, vivendo no interior de Minas, nem meus avós maternos, em Porto Alegre, tocavam no nome dele, quando eu passava as férias com uns ou outros – eles me revezavam, cheios de ciúmes.

Mas, do que morreu seu pai?, a molecada da rua cismada. Como não sabia, imaginava, pois de nada adiantava teimar com minha mãe, ela sempre respondia, De doença, e ponto. Inventei então uma história, alongada a cada vez que contava: meu pai viajou à África para caçar leões (eu adorava gatos, embora fosse alérgico ao pelo deles). Estavam todos acampados na savana, mas uns, sem juízo, resolveram entrar na floresta e sumiram. Porque era o mais corajoso, escalaram meu pai para procurá-los. Ele apanhou uma canoa e remou rio acima numa região infestada de crocodilos e mosquitos gigantes, e não mais foi visto. Por isso, não dava para dizer, *com certeza*, se ele tinha morrido, menos ainda do quê. Pode ser até que estivesse abrigado em alguma aldeia, enfermo, juntando forças para voltar à civilização.

Mesmo assombrados, meus colegas nunca me convidavam para a casa deles, nem para festas de aniversário. Nosso convívio se limitava ao campinho de futebol, um terreno largo entre dois sobrados, quatro quadras acima do meu prédio, onde eu era fundamental, pois, jogando como meia-armador, me igualavam ao Gérson, o Canhotinha de Ouro: sério, de cabeça erguida lançava a bola nos pés de quem desejasse, sem um passe errado, e todo mundo comentava, Esse é craque! A parede do quarto coberta de pôsteres: o time do Flamengo de 1972, a seleção brasileira campeã do Sesquicentenário da Independência, uma página arrancada da revista Placar, Paulo César, camisa rubro-negra, número 11 às costas, comemora a conquista da Taça Guanabara, o cartaz do filme Roberto Carlos em Ritmo de Aventura, já colado ali quando minha mãe alugou a casa, conforme explicou, impaciente.

Toda noite, ao chegar da PUC, ela entrava pé ante pé no quarto, ajeitava a coberta sobre meu corpo magricelo e me beijava, sussurrando Te amo, meu curumim, antes de encostar a porta. Muito bonita, falava orgulhosa que a avó, ou bisavó, tinha sido pega no laço, por isso os cabelos escorridos e pretos, os olhos ajabuticabados, e passava a mão nos meus cabelos, pretos e escorridos, porque descendente de missioneiros, e chorava. Minha mãe chorava muito nessa época... Mas a beleza dela me incomodava, porque na rua os meninos sempre mencionavam isso, o que me deixava furioso, obrigando a sair no tapa com eles, bando de idiotas, e voltava para casa todo estropiado. No entanto, mesmo muito bonita, arrastava uma tristeza larga e comprida. Nos fins de semana, quando assistíamos televisão ou nas poucas vezes que passeávamos pelo bairro, ela murchava invejando a felicidade dos casais abraçados, das famílias reunidas. Eu temia que, conhecendo alguém, ela me abandonasse, ansiava permanecêssemos para sempre juntos, à espera do meu pai, porque não acreditava que ele estivesse morto, para mim ele se achava apenas impossibilitado de fazer contato, quem sabe perdido solitário no coração da África...

A cara ossuda da dona Dulce apareceu na fresta da porta entreaberta. Dona Imaculada interrompeu a aula, saiu e elas ficaram cochichando no corredor. Minha professora voltou, mandou que sossegássemos o facho, falou para eu juntar as coisas e acompanhar a dona Dulce. Minhas pernas tremeram, era a segunda vez naquela semana que não fazia o dever de casa, pura distração, e pensei que seria colocado de castigo – o castigo consistia em ouvir sermão da diretora, na presença da mãe, uma vergonha. Peguei o caderno, a cartilha, a tabuada, o lápis, a borracha, o apontador, a régua e, em meio ao silêncio especulativo dos colegas, joguei tudo dentro da pasta. Driblando as carteiras duplas, os pés de ferro, avancei apreensivo e ao mesmo tempo assoberbado, de alguma maneira aquele imprevisto me destacava momentaneamente do restante da turma. Altivo, alinhei meus passos ao andar desencantado da dona Dulce, alta e magra, cabelos presos num lenço estampado, até a sala da diretoria.

Dona Dulce empurrou a porta, e um homem de uniforme levantou da cadeira, de imediato. Ela contornou a ampla mesa de madeira escura, e, sob o olhar azul e carrancudo do Presidente da República, disse, solene e constrangida, Meu filho, acompanhe o tenente, ele vai te levar para ver seu pai. Minha cabeça rodou, achei que ia desmaiar. Quer dizer que eu estava certo todo o tempo!? Meu pai não havia morrido coisa nenhuma!? Satisfeito, enchi o peito com o ar de setembro e contemplei confiante o homem de uniforme. Ele colocou o quepe, pegou minha mão direita e seguimos em direção à saída da escola. No fim da escada, estacionado no meio-fio, um jipe verde, sem capota, aguardava. Quando nos aproximamos, o soldado perfilou batendo continência, e o tenente perguntou se eu queria ir na frente, ao lado do motorista. Respondi sim, dei a volta, entrei no carro e por quase uma hora circulamos por lugares desconhecidos, o vento bagunçando meus cabelos de índio guarani.

Paramos em frente a uma enorme casa pintada de azul-claro. O soldado desceu, enfiou as mãos grandes por debaixo do meu sovaco e me colocou de pé na calçada. O tenente puxou o portão de ferro e atravessamos o caminho ladeado por jardins. Um cachorro preto reparava curioso o movimento, amarrado na árvore. Penetramos uma nuvem de fumaça de cigarro, pessoas sentadas num sofá vendo televisão, o volume alto, outras jogando dominó no canto da sala, outras, de pé, conversando encostadas na estante cheia de livros. O tenente cumprimentou a todos, com um único gesto, e nos enfiamos pelo corredor úmido. Eu estava ansioso para rever meu pai, cujo rosto nem recordava mais, como lembrança apenas a música que ele assobiava quando alegre e o cheiro de pasta Kolynos que exalava da sua boca. Escancarou uma porta, deixando entrever o quarto pequeno, escuro, apesar do sol lá fora, impregnado de um cheiro horrível, mistura de mofo, suor, mijo, bosta, remédio, deu vontade de vomitar. Deitado na cama, sob um cobertor sebento, o corpo, longa barba, voltado para a parede.

O tenente disse, Jurandir, aqui, seu filho. Estranhei, porque meu pai não chamava Jurandir. O homem virou para o meu lado e só então notei que estava bastante machucado, devia ter caído de algum lugar bem alto, tinha dificuldade até mesmo para abrir os olhos. Cumprimente seu pai, menino, o tenente mandou. Assustado e com nojo, pensei em explicar que aquele barbudo, sujo e fedorento, não podia ser meu pai, porque meu pai tinha cheiro bom de pasta Kolynos e minha mãe contava que ele era o sujeito mais bonito do mundo, mas fiquei com pena e estendi a mão. Ele, no entanto, permaneceu imóvel, ofegante, parecendo apavorado. O tenente disse, Alfredo, não piore as coisas, nós só queremos proteger sua família. Quando ele falou Alfredo, mergulhei na dúvida, meu pai chamava Alfredo. Me enchi de coragem e perguntei, incrédulo, O senhor é meu pai mesmo? O homem entreabriu os olhos ensanguentados, tentou mover os lábios roxos e inchados, onde se destacavam vários dentes quebrados, girou o corpo para a parede e começou a chorar.

LUIZ RUFFATO é autor de *Eles eram muitos cavalos* (2001), *Inferno provisório* (2016), *De mim já nem se lembra* (2017), *A cidade dorme* (2018) e *O verão tardio* (2019), dentre outros. Recebeu prêmios nacionais (Machado de Assis, APCA, Jabuti) e internacionais (Casa de las Americas, em Cuba; Hermann Hesse, na Alemanha). Seus livros estão publicados em 12 países.

O vão [συμφωνία]

MARCELO ARIEL

Prestíssimo

Michel Foucault atravessou lentamente a Praça da República e repetiu incansavelmente o mesmo mantra, durante todo o trajeto: Onde estão os negros? Após caminharmos por uns duzentos metros, eu apontei para um homem dormindo na calçada, ele parou e com as mãos na testa, disse: Este é um negro, mas **onde estão os negros?** Passaram-se dez minutos, o homem negro deitado na calçada perguntou se tínhamos dinheiro, tirei uma nota de cinco da carteira e ele deixou um sorriso atravessar seu rosto, que Foulcault olhava com uma tensa concentração e imobilidade, caminhamos mais um pouco e Michel Foulcault se sentou em um banco, ficou por alguns minutos olhando os pombos e disse com bastante calma e lentidão:

– Não irei ministrar meu curso em sua Universidade, por causa da ausência dos negros.

Presto

Felix Guattari apertou com entusiasmo as mãos de Lula, segurando com força, alguém ofereceu uma cadeira e ele se sentou, um pouco depois de Lula e de Suely Rolnik: 'Haverá suficiente energia da recusa neste homem?', ele pensava enquanto olhava para uma árvore e alguns sabiás pousados no galho. 'Ele me lembra muito um mujique'. Seu pensamento foi cortado pela voz de Suely, que disse: 'Vamos fazer uma foto, para registrar este momento?' Guattari se levantou de um jeito desajeitado, derrubando a cadeira. Alguém comentou algo que não consegui distinguir o que era e, enquanto abraçava Lula, Guattari sussurrou, com a boca bem perto dos ouvidos dele: 'As forças de dentro o levarão a evocar a grande recusa, lembre-se da grande recusa'.

ALEGRO

O Coronel Erasmo Dias estava se preparando para sua corrida matinal, na beira-mar, quando sentiu um arrepio percorrer todo seu corpo e gritou com ênfase para sua empregada:

'Os óculos estão aqui, a sunga também, mas não encontro meu revólver, você viu onde deixei?'

'Não sei por que o senhor sempre leva esse trabuco quando vai na praia.'

O Coronel, descendo para o estacionamento para procurar o revólver, gritou em resposta:

'Tenho de me prevenir, eles estão nas ruas, estão em toda parte.'

ADAGIO

Jean Arthur acaba de descer do navio Ísis, que desembarcou no Porto de Santos, ele passou a viagem inteira em silêncio, olhando para as ondas. 'A água pertence ao Sol.'

Ele pensou, mas ninguém era capaz de ouvir, Jean Arthur continuou quieto apenas por dentro, olhando o mar e os pássaros e pensando na África, que havia deixado para trás e nesta outra África chamada Brasil. Depois ele apontou para as malas e pediu para tomarmos cuidado com a maior, a mala azul, o Francês disse que ela estava cheia de areia da Abissínia. O que ele iria fazer com uma mala cheia de areia? Deve ser para esconder as armas e a munição pesada, pensei. *Começou a chover forte,* e Jean Arthur olhando para baixo com era seu costume murmurou *O oceano não desiste.* Com um gesto ele pediu fumo para seu cachimbo e com outro ordenou que todos voltassem para o navio.

Largo

Fernando Collor: O candidato da frente PDT/PT é conhecido por ser um homem delirante, usuário de drogas pesadas, de maconha principalmente, você, cidadão de bem, dona de casa que me ouve, certamente não irá votar em alguém deste naipe.

Gláuber Rocha: Argumentos inconsistentes e racistas do representante das oligarquias imperiais brasileiras, que não possuem um projeto para o Brasil; meu vice, o professor Darcy, já havia me alertado para este tipo de estratagema que agora confunde o público com o privado e amanhã fará disso uma estratégia imperialista e entreguista do Brasil, sob uma ditadura jurídico fiscal militar disfarçada de democracia. (Gláuber olha para a câmera da TV Globo)

Você que está me vendo, vamos tirar o Brasil da cruz e fazer do povo pobre o povo rico em saúde, cultura e acabar com a escravidão, eu quero te libertar da escravidão, você que está dormindo nas ruas do Brasil, no meu governo, você terá dignidade e liberdade.

Oratório

Quando os policiais finalmente chegaram ao quinto andar, Sales e outros presos se fecharam na cela. "Tinha dez pessoas dentro da cela, todas agachadas rezando cada uma pro seu deus. Eu não fiz diferente. Me ajoelhei e comecei a orar o salmo 91", lembra. Um policial disparou algumas balas pela portinhola de abertura da porta. Uma delas ricocheteou na parede e terminou na nuca de um dos presos. "Estevão morreu do meu lado sem dar um grito, foi morte instantânea. Começou a se formar uma poça de sangue, e aí veio o pânico", afirma. O policial autor dos disparos perguntou quantos detentos estavam no local. Assustados, os presos se calaram. "Ele disse que ia atirar de novo se ninguém respondesse, e foi aí que eu falei que éramos dez lá dentro."

O policial deu ordem para que todos se despissem e saíssem da cela. Ao sair, Sales se deparou com uma cena horrenda. Dezenas de corpos estirados no chão, "alguns ainda vivos, gritando e gemendo". Quando estava caminhando sobre os corpos, uma voz familiar chamou seu nome: "Ney, Ney!". "Era um amigo meu. Ele havia sido baleado no rosto e estava totalmente deformado. Não tive coragem de parar para ajudar nem de olhar para ele, estava horrível, um olho havia sido arrancado", lembra com a voz embargada.

Ao se aproximar das escadas, os policiais haviam se posicionado dos dois lados do corredor e agrediam os detentos com cassetetes e coronhadas. O elevador do pavilhão havia sido danificado durante a rebelião pelos detentos. "Os policiais abriram as portas, e de cada dez presos que passavam eles empurravam dois ou três no fosso. Imagina, uma queda de cinco andares... Quando vi que estavam fazendo isso, mudei meu lugar na fila pra ficar mais perto da escada e escapar do vão."

Marcelo Ariel é poeta e performer, autor dos livros *Tratado dos anjos afogados* (LetraSelvagem), *Retornaremos das cinzas para sonhar com o silêncio* (Editora Patuá, esgotado), *Jaha Ñande Ñañombovy'a* (Editora Penalux), entre outros. Neste ano, lança *Ou o silêncio contínuo* – poesia reunida (2007-2017) pela Kotter/Patuá.

Laerte Silva quer que o Brasil dê certo

MARCELO NOCELLI

Laerte Silva nasceu em 1978. Em sua certidão de nascimento constam as seguintes informações: sexo masculino, de cor parda, nascido em quinze de novembro de mil novecentos e setenta e oito. Filho de Laércio Silva e de Dona Lucinete dos Santos Silva. Essa definição de cor na certidão é algo que o incomoda desde que se entende por gente. Hoje até o próprio nome o incomoda um pouco, por conta de um cartunista homônimo que resolveu virar travesti, e que lhe custa algumas brincadeiras por parte dos amigos. Ainda que seja, para ele, uma compensação ter nascido no dia da Proclamação da República. Laerte não lembra muita coisa sobre os anos da ditadura militar no Brasil. Costuma brincar que nasceu já durante a "dita branda", mas diz com orgulho que o presidente dos tempos da sua infância, o general João Batista de Oliveira Figueiredo, gostava mais de cavalos que de gente. Também vive a repetir que aqueles tempos é que eram bons. Havia boas escolas, onde os alunos eram obrigados a cantar o hino nacional todas as quartas-feiras. Segundo ele, era um tempo de organização, respeito e grupos de extermínio que só matavam bandidos e comunistas pra manter o país em segurança. Laerte odeia comunistas, apesar de não saber bem o que é um comunista. Com entusiasmo, Laerte descreve em detalhes a boa vida que teve durante os chamados (pelos ignorantes) "Tempos de chumbo". A vida era boa, quem não devia não precisava temer. A polícia descia o cacete nos vagabundos e protegia as pessoas de bem. Por tudo isso, atualmente Laerte é favor da intervenção militar no país e do fechamento do Congresso. Defende também o fim do STF e é contra a corrupção.

Em 2018, antes das eleições, Laerte foi a todos os comícios e manifestações pró-bolsonaro que aconteceram aos domingos, em São Paulo. Não foram muitos, é verdade. O trabalho por conta própria, o cansaço do dia a dia e a família muitas vezes o impediram de se manifestar. No dia 15 de novembro daquele mesmo ano, já com seu candidato eleito, Laerte fez uma grande festa de aniversário em sua casa com churrasqueira num bairro tranquilo da zona leste da cidade. Recebeu os amigos, todos avisados com antecedência: venham de verde e amarelo. A decoração do apertado, porém, belo quintal, foi devidamente preparada por ele, a esposa e os dois filhos. Bandeiras do Brasil, camisas da CBF e bexigas nas cores verde e amarela foram penduradas nas paredes. Sobre a mesa do bolo, um quadro do presidente eleito e enfaixado. No bolo, o glacê desenhava uma pistola automática um tanto mais quadrada e derretida que a real que ele mantém guardada numa caixa, em cima do guarda-roupa.

Durante a festa, pouca gente não estava vestida conforme as orientações do anfitrião. A estes, sobraram piadas e maledicências. A alegria era tanta que Laerte empolgou-se, bebeu um pouco além da conta e gritou impropérios e palavrões que só estava acostumado a falar fora de casa, longe da filha de 15 anos. Por conta disso, tomou uma bronca da mulher, mas não se deixou humilhar na frente dos colegas e, em voz alta, gritou: Cala a boca, mulher, hoje é dia de festa. É meu aniversário, volta pra cozinha e frita aquelas mandioca pra nós – logo em seguida, com sorriso no rosto, abraçou a esposa e sussurrou no seu ouvido – e troca esse shorts porque o Celso não tira o olho da sua bunda.

A festa rolou até tarde naquela quinta-feira-feriado. Pouco antes do término, lá pelas 20h, os dois filhos do aniversariante vieram se despedir dos convidados que ainda rodeavam o pai na churrasqueira. Iam ao cinema. Laerte se despediu da filha com um beijo no rosto, a quem pediu juízo e cuidado, e do filho com um cumprimento de mãos em que fizeram diversos e rápidos movimentos que terminou com dois gritinhos agudos de "mito". Ao filho, sugeriu que pegasse umas meninas e, se conseguisse, que trouxesse pra casa e usasse camisinha. Um único convidado remanescente que não vestia verde-amarelo ainda perguntou: você só beija sua filha? O filho não? Ao que Laerte, buscando aprovação dos outros amigos com olhar desdenhoso, respondeu: tá louco, meu filho é um homem feito, 13 anos, homem não beija homem. Aqui é casa de macho. Todos riram, e o colega dos tempos do curso técnico, que vestia camiseta branca, bermuda bege e mocassim marrom sem meias, aproveitou o momento para se despedir, bem na hora em que Ivanilda, a mulher de Laerte, apareceu, vestida com calça de moletom larga, camisa da CBF, chinelos de dedo com meias, para avisar que já era tarde e que o melhor seria apagar a churrasqueira. Os vizinhos poderiam reclamar do barulho. Laerte faz um gesto displicente com as mãos e a mulher desapareceu dentro da casa. Ele a acompanha com os olhos e depois se voltou aos amigos para contar sobre a nova recepcionista de uma empresa cliente, que ele está comendo. Algumas gargalhadas e perguntas sobre a moça, que Laerte descreveu em detalhes físicos. A noite termina com maledicências e insinuações sobre a sexualidade do amigo do mocassim, que acabara de sair.

Na sexta-feira, com alguma ressaca, Laerte acordou cedo para trabalhar. Há dois anos havia sido despedido da empresa onde trabalhou como técnico eletrônico por 15 anos. O departamento pessoal informou que o motivo principal era a crise, crise imposta pelo governo anterior, do PT, e seus 13 anos de retrocesso. Por isso deu razão ao empregador e não se deixou abalar. Visitou alguns clientes que, sabia, gostavam do seu trabalho e, ao longo de um ano, formara uma pequena clientela que passou a atender como autônomo. Abriu uma MEI, mas faz a maior parte dos seus trabalhos sem nota fiscal. Vez ou outra ainda é possível ganhar um bom dinheiro extra participando de licitações em que fecha os serviços pagando uma boa comissão aos compradores. Outra boa fonte de renda são as peças que Laerte consegue trazer da China, por meio de alguns contrabandistas que conheceu nas redes sociais, e que vende aos clientes daqui como originais. Ele também recupera as peças defeituosas trocadas, deixando-as como novas por fora, e vende como produto original novo. Além disso, tem também as peças que ele importa legalmente por uma empresa estatal, com a ajuda do comprador de lá, com quem divide os lucros, vendendo-as para empresas privadas. Laerte também se vale do seu CREA para emitir laudos e certificados de segurança que atestam as perfeitas condições de sistemas elétricos, sobretudo quando estes não estão em boa situação. Sobre este trabalho, bem rentável, por sinal, Ivanilda tem algum receio de que, algum dia, algo de ruim aconteça e que vidas de pessoas inocentes sejam postas em risco. Laerte sempre responde com um sorriso e uma frase que ouviu não se lembra onde: "viver é arriscado."

Com todas essas fontes de renda extras, Laerte conseguiu, enfim, comprar o sobrado num bairro em ascensão da zona leste, com dois quartos e um microquartinho de empregada nos fundos, ainda que o máximo que tenham conseguido arranjar até agora é uma faxineira que vem uma vez por semana e não dorme no emprego. No começo, logo que se mudaram, por insistência de Ivanilda, até contrataram uma velha senhora que trabalhava na casa três vezes por semana. Mas a mulher queria ser registrada como doméstica. Além do mais, Laerte tinha nojo da forma como a negra velha manipulava os alimentos durante o preparo. Com isso, o quartinho nos fundos do pequeno quintal está sendo usado como despensa. Laerte conseguiu também realizar o sonho de ter dois carros na garagem com portão automático na frente da casa. Um SUV de modelo confortável, com motor potente, adquirido zero, pra ele, e um carrinho popular com motor 1.0, que comprou usado para a mulher. É só pra ela levar os filhos à escola. Isso é muito, para alguém que nasceu na roça, como ele diz, que veio do nada, filho de pais semianalfabetos que prosperaram em São Paulo como donos de uma pequena quitanda em um bairro afastado da zona leste, num tempo em que o trabalho dignificava o homem e proporcionava as chances de crescer na vida para quem estivesse disposto a trabalhar.

Hoje Laerte entende que as coisas mudaram. Ele mesmo, ganhando muito mais que os pais, não consegue mais ter funcionários. Nem quer. Lembra os problemas que os pais tiveram com os poucos empregados que passaram pela quitanda. Processos trabalhistas, indenizações, prejuízos. Tudo isso porque não registraram um ou outro, ou porque não pagaram os direitos trabalhistas corretamente na hora da demissão. Teve um que conseguiu levar uma boa indenização só porque era menor de idade e trabalhava de domingo a domingo sem vale transporte. Gente. Você dá oportunidade e ainda recebe desaforo em troca. Mais fácil lidar com cavalos. O ser humano é mesmo mal-agradecido. Por tudo isso, Laerte hoje é favor da Reforma Trabalhista, da Reforma da Previdência, da Reforma Fiscal, do fim de todos os direitos trabalhistas e, principalmente, do fim das contribuições sindicais. Gente que só serve para atrapalhar a vida dos trabalhadores de bem e enriquecer à custa de pessoas honestas como ele. Foi justamente deste universo sindical que veio o maior ladrão de todos os tempos. Aquele nordestino analfabeto, que cortou o próprio dedo numa fresa só para não trabalhar mais, aquele maldito que ele não gosta nem de dizer o nome. Laerte costuma dizer que o que estraga São Paulo são os nordestinos.

Laerte foi o primeiro da sua família a formalmente ter uma profissão. Na época, fez um curso técnico que substituía o colegial normal. Se formou em quatro anos. Estudou um pouco de inglês. Conseguiu emprego numa multinacional. Orgulho dos pais. Orgulho da mulher, que estudou só até a 7ª série porque teve que trabalhar muito jovem para ajudar em casa. Um tanto vergonhoso para os filhos, que já sonham em fazer faculdade. Laerte, até pouco tempo, também fazia planos para que os filhos estudassem numa boa universidade. Hoje ele pensa que este já não é o melhor caminho. As universidades foram tomadas por esquerdopatas e gente de ideologia suspeita, é um lugar onde as pessoas ficam nuas e promovem balbúrdias. Por isso Laerte é a favor da redução de verbas nas universidades públicas e defende a privatização de todo o ensino. Talvez abrir um pequeno negócio para os filhos tocarem seja o melhor caminho. Quem sabe seu filho não faça um curso técnico e possa continuar seu próprio negócio. À filha, linda, de cabelos loiros e olhos azuis como os da mãe, porém, com a pele bem menos castigada e todos os dentes perfeitos, há a esperança de um bom casamento. Neste momento, as prioridades na educação dos filhos são apenas: que ela não seja uma putinha que saia por aí dando pra qualquer moleque, que ele não seja viado e que nenhum dos dois seja maconheiro. Por conta disso, Laerte até deu de censurar algumas músicas e cantores dentro de casa. Também prefere que os filhos se mantenham afastados dos livros, com exceção dos livros técnicos e motivacionais. Laerte é completamente contra a legalização das drogas. Acredita que a maconha é porta de entrada para drogas mais fortes e que FHC, aquele comunista desgraçado, é um dos culpados por abrir esta discussão sobre drogas na sociedade brasileira. Laerte também é contra o aborto, em qualquer circunstância. Isso é algo que só seria admissível caso a própria filha aparecesse grávida. Mas não gosta nem de pensar nisso. Foi criado na igreja católica e sabe, desde cedo, que tirar uma vida em gestação é pecado dos mais graves. Ainda que acredite em maldade como patologia, seja a favor da pena de morte para bandidos e defenda a autonomia da polícia militar para matar em serviço, é fato que tudo isso lhe causa algumas dúvidas, mas quem não as tem? Ele até tentou refletir sobre isso, logo que sua mãe morreu, dois anos depois do pai, tempo em que passou a frequentar um centro espírita kardecista. Essa fase durou pouco, logo em seguida ele começou a visitar uma igreja evangélica neopentecostal por incentivo de um amigo que lhe convenceu de que coisas ligadas a espíritos só podem vir do demônio. Laerte compreendeu o sentido da vida com Deus, mas não consegue se livrar do catolicismo nem de alguns hábitos antigos demonizados pelo pastor.

Atualmente Laerte se vê como um homem realizado. Tem algum dinheiro guardado, viaja com a família uma vez por ano, tem conseguido pagar um plano de previdência privada e um bom plano de saúde, conseguiu agora com um amigo advogado uma aposentadoria, de um salário mínimo por mês, por invalidez, para a esposa que, graças a Deus, está perfeitamente saudável. Laerte também não vê a hora de se livrar de um processo por agressão, movido contra ele pelo porteiro do antigo prédio onde morava antes de comprar o sobrado.

Mas o que Laerte realmente quer, neste momento de renovação com bolsonaro presidente, é que o Brasil dê certo.

MARCELO NOCELLI é escritor, editor e técnico gráfico. Formado em Tecnologia eletrônica gráfica e licenciado em Letras. Atua há mais de 20 anos na indústria gráfica livreira, é sócio-editor nas editoras Reformatório e Pasavento. Autor de contos e crônicas publicados em revistas no Brasil, Alemanha e Itália, é autor dos romances *O Espúrio*, 2007 (publicado na Alemanha em 2016), *O Corifeu Assassino*, 2009 (publicado na Itália em 2014), ambos pela LCTE Editora, e do volume de contos *Reminiscências*, 2013, editora Reformatório. Em 2014 organizou os livros *Grenzelos*, antologia de contos que reuniu 25 jovens autores brasileiros, publicado na Alemanha pela Editora Arara-Verlag e *Crônicas da UBE*, antologia de crônicas com 30 autores brasileiros filiados à UBE – União Brasileira de Escritores, publicado pela Editora Pasavento. Foi Secretário Geral da UBE – União Brasileira dos Escritores durante a gestão 2013/15. Em 2015 integrou a Comissão Julgadora do Proac de Literatura nas categorias Autores Inéditos e Coleções de Editoras.

O professor

MÁRCIA BARBIERI

Conseguiria içar um Leviatã com um anzol?
(Livro de Jó, 41:1)

O anzol não deve ceder sob o peso do peixe.

Olhava o professor, depois olhava através das lentes dos meus óculos, que olhavam através dos vidros e das grades da janela, a qual dava para o extinto jardim. As ordens da diretora, uma jararaca de saias e peruca, foram claras, extermine todas as espécies de plantas e insetos, inclusive os cupins. Havia um perigo iminente rondando a vespa e a orquídea. O jardineiro fez questão de começar cortando as árvores frondosas, depois foi a vez das flores menores e das plantas rasteiras, sobraram apenas algumas marias-sem-vergonha, não porque tiveram pena dessa espécie vulgar, mas porque elas proliferavam mais rápido do que as tesouras dos serviçais. Os alunos passaram a se concentrar melhor nas aulas, não ficavam mais vagando com os olhos no jardim nem discutindo o sexo das formigas, o que era inapropriado para seres tão pequenos e ingênuos. Éramos proibidos de discutir sobre gênero na escola. E se de repente algum aluno exigisse que o professor explicasse por que as minhocas são hermafroditas?

Por falta do que observar fora da sala, voltei meu olhar novamente para o professor. Em outros tempos, costumava admirar a força, a empolgação e o caráter aparentemente inabalável do meu mestre. Entretanto, depois da vitória do nosso querido governante, enxergo apenas um rato encurralado com os cabelos repartidos ao meio e o jaleco branco um tanto quanto encardido, nenhum rascunho do velho vigor.

A invenção do anzol foi o primeiro passo para a ociosidade do homem. Esse era o começo de uma grande lição, embora quase ninguém prestasse muita atenção a suas palavras.

As más línguas dizem que a inspetora, a esposa do professor, foi morar com o filho do presidente. Provavelmente ela ainda era apaixonada pelo marido, ninguém duvidava desse fato, ele fora seu companheiro desde a adolescência, mas, sabe como é, em épocas de opressão é melhor estar ao lado dos algozes, permanecer ao lado dos perdedores seria o mesmo que manter uma corda ao redor do pescoço e esperar o banco debaixo dos pés ser chutado.

É evidente que esse abandono tornou o homem ainda mais acabado, não tinha ânimo para mais nada. Os alunos podiam se pendurar até mesmo no teto (e isso realmente não é uma maneira exagerada de falar), ele não se abalava, simplesmente fingia que tudo corria na mais perfeita tranquilidade. Vocês podem estar se perguntando se o barulho excessivo não o enlouquecia, não, agora o barulho não o incomodava mais, há alguns meses usava um tampão da cor da pele, desses utilizados pelos operários para não ouvirem os ruídos da fábrica. Você sabe, alunos são como carrascos em miniatura, quanto mais percebiam a fraqueza do professor mais o perturbavam.

Isso pode surpreendê-los, não a mim, que já estou habituado às manias dos meus colegas. Um dia, querendo provocar uma reação no professor, um grupo de alunos resolveu dissecar um rato, depois colocaram o bicho dentro de uma caixa, enfeitaram com um laço vermelho com pintinhas brancas e entregaram ao professor. Esperaram ansiosos ele abrir o presente, e ele o fez sem muita emoção. No entanto, a reação deixou os alunos extremamente deprimidos, o professor desembrulhou o presente, depois embrulhou novamente e guardou com todo o cuidado no fundo da sua pasta junto com o livro de latim. Feliz ou infelizmente, não obtiveram êxito em suas tentativas de atazanar, pois o professor parecia nem perceber a presença dos alunos, falava e andava pelos quatro cantos da sala mecanicamente. Às vezes, talvez para não perder o costume, exigia silêncio, contudo não fazia esforço para obtê-lo.

A invenção do anzol foi uma das mais impressionantes descobertas do homem primitivo. Uma ferramenta perfeita para a captura dos peixes, no entanto, sem alterar o rumo do cardume. Foram anos e anos de aperfeiçoamento do arpão até chegar ao objeto pequeno, brilhante e metálico. Não era mais necessário ter força ou técnica, agora era preciso apenas paciência para esperar o peixe morder a isca. O problema do peixe é que ele sempre é fisgado pela boca, alguns homens tolos também funcionam assim...

Juro que não sei dizer se o meu querido mestre sofreu mais com a partida da esposa ou com a morte do seu cachorro, ele o seguia todos os dias até a escola e ficava esperando o término das aulas no pátio. O vira-lata foi covardemente sacrificado, os soldados não viram com bons olhos a sua relação afetuosa com o professor. Todos sabem que cães são animais inteligentíssimos e aprendem rapidamente a obedecer a seus donos, isso poderia trazer problemas para o governo, como exatamente não podiam prever, de repente o cão poderia levar bilhetes embaixo da língua, pendrives na coleira, algo desse tipo. A melhor coisa a fazer seria sacrificar o vira-lata. Eu também tive um cachorro, por certo o sofrimento do professor me comovia.

Um anzol de qualidade deve possuir certas peculiaridades, cada anzol deve ser apropriado para um tamanho ou um tipo de peixe. É necessário que seja feito com materiais resistentes, deve possuir um dispositivo de retenção, como uma fisga, para evitar que o animal se liberte. Também deve ser construído com material degradável, não poluindo o meio ambiente e possibilitando que o peixe sobreviva, caso a linha se rompa. Não sei exatamente a quem se destinavam todas aquelas explicações estapafúrdias; desde que fora impedido de falar sobre literatura, decidira trazer informações aleatórias sobre as ferramentas que os homens inventaram ao longo dos anos e como essas ferramentas foram essenciais para a sua sobrevivência e adaptação.

Um pouco acima do quadro negro havia um espelho convexo, com a ajuda do seu reflexo o professor observava as atitudes suspeitas dos alunos. Porém, isso foi deixando de ser necessário, já que todos os alunos tinham os mesmos costumes, as mesmas crenças, a mesma religião, o mesmo posicionamento político, não havia um rosto ou um corte de cabelo diferente naquele pequeno espaço retangular. Além disso, como os alunos não conseguiam obter nenhuma reação violenta do professor, perderam o desejo de infernizá-lo. Fora isso, a escola inteira foi equipada com câmeras, e o novo presidente exigiu que soldados assistissem às aulas, para que nada saísse do controle. Assim, com o tempo, o professor não via mais razão para vigiá-los, assim como os alunos perderam a vontade de filmar o professor em suas câmeras digitais. O professor não representava mais nenhum perigo, só tédio, era uma fórmula equalizada.

Antigamente, o professor ficava horas e horas falando sobre escritores das mais diversas nacionalidades e dos seus feitos para a humanidade, da importância política desses seres raros, afinal, de alguma forma os escritores eram delatores das injustiças cometidas ao seu redor. Porém, assim que o novo presidente foi eleito o professor teve o seu apartamento invadido, não sobrou sequer um livro para contar a história, apenas as gramáticas foram poupadas, pois não as consideraram de grande valor subversivo.

Agora ele tinha apenas um ar de subserviência, não ficava mais horas e horas falando sobre história ou biografias de escritores famosos ou de escritores contemporâneos fracassados. Dava-se por satisfeito em explicar as agruras da gramática. Todavia, pulava as explicações sobre as conjunções, pois, da última vez que tentara esclarecer essa classe de palavras, foi denunciado por um dos alunos por fazer alusão ao comunismo. Costumava passar horas falando sobre as especificidades do latim, uma língua morta e enterrada não colocava ninguém em risco. Quando estava inspirado, falava sobre palíndromos, então, ficávamos horas repetindo ovo radar ama arara reviver ou a frase mais famosa: LUZA ROCELINA, A NAMORADA DO MANUEL, LEU NA MODA DA ROMANA: ANIL É COR AZUL.

Tudo parecia correr de forma natural, entretanto, um dia, enquanto o soldado que vigiava as aulas foi tomar um café na sala da jararaca, caiu um papel do meio do livro de gramática. O alarde foi geral, os alunos rapidamente pegaram o papel do chão e foram passando o escrito adiante como em uma nova versão do telefone sem fio. Todos ficaram atônitos ao ver que se tratava do poema "O congresso do medo", evidentemente aquilo era uma afronta, o nome daquele poeta fora proibido no currículo. Os alunos ficaram boquiabertos, não sabiam como reagir.

Uma hora depois, três soldados entraram na sala, algemaram o professor, o qual, é claro, não ofereceu a mínima resistência. Os alunos continuaram quietos, sentados em seus lugares. Depois ficamos sabendo que o professor foi torturado e preso em um cubículo. Não deu muito trabalho, afirmou, inclusive, que a cela da cadeia era muito parecida com a sala de aula, mas decerto era muito mais silenciosa.

O professor, pelo menos foi o que escutei, também escrevia alguns versos, mas quando o novo presidente foi eleito, fez uma fogueira no hall de entrada do condomínio (o que lhe custou mil reais de multa) e queimou todos os manuscritos. Talvez tenha sido mais corajoso do que Kafka, entretanto, duvido que fosse tão competente quanto o escritor tcheco.

Não preciso dizer que a ideia de delatar o professor foi toda minha. Foi uma decisão bem dolorosa, afinal, eu sinceramente simpatizava com aquela figura magra parecendo uma enguia de água doce. Porém, queria provar a ele que aprendi direitinho a lição: o problema do peixe é que ele sempre é fisgado pela boca, alguns homens tolos também funcionam assim...

MÁRCIA BARBIERI é paulista. Graduada em Letras pela Unesp e mestre em Filosofia pela Unifesp, foi uma das idealizadoras do coletivo literário Púcaro. Possui os livros de contos *Anéis de Saturno*, *As mãos mirradas de Deus* e *O exílio do eu ou a revolução das coisas mortas* e os romances *Mosaico de rancores*, *A puta* e *O enterro do lobo branco*. Seu romance *Mosaico de rancores* foi publicado na Alemanha pela Clandestino Publikationen. Foi finalista do Prêmio São Paulo de Literatura de 2018 com *O enterro do lobo branco*.

Ruína interior

MARCOS VINÍCIUS ALMEIDA

Começa com doze. Talvez quinze. Mas depois eram mais de cem. De mãos dadas. Rezando um pai-nosso, depois ave-maria. De mãos dadas como naquelas rodas de criança. E tinha mesmo algo de ingênuo, puro, naquele abraço coletivo ao redor da igreja. Ingenuidade e pureza dos canibais, de um leão estraçalhando sua presa. Não se tratava de nenhum milagre. Havia bandeiras do Brasil tremulando. Adesivos pregados nas camisas. Ave-maria, cheia de graça. Pai-nosso, que estais no céu. Viva Nossa Senhora do Carmo. Amém.

* * *

Eu tinha sete anos quando perdi dois dentes da frente naquela praça da igreja. Dentes de leite. Moles. A cena é difusa: estou correndo com uma bola debaixo do braço. Então o Éder Bombinha me alcança ao lado do poste. Me dá uma rasteira certeira, cai por cima. Enfia a mão na minha boca. E arranca os dentes. Não lembro o motivo.

* * *

Debaixo daquelas lajes de pedra havia um cemitério. O povo dizia. Um cemitério ao redor da Igreja Velha. Mas mudaram o cemitério de lugar, o que sempre me pareceu um absurdo. Lápides, placas e até os cacos de osso, tudo bem, dá pra transportar. Difícil é mudar os fantasmas e espíritos de lugar. Não sei se essas coisas respeitam decretos, leis, despachos de um prefeito empreendedor.

* * *

O abraço coletivo, com ave-maria e pai-nosso, aconteceu no dia da eleição. Um ex-prefeito, descendente de antigos coronéis escravocratas, havia voltado ao poder. O povo considerava aquilo um avanço, como se a engrenagem da história tivesse de repente virado ao contrário. Prefeito antigo, vendido como novo. Reza. Abraço coletivo em igreja. Viva Nossa Senhora do Carmo. A minúscula cidade de seis mil habitantes, um caquinho de osso, um fragmentozinho, como metonímia do país.

* * *

A Igreja Velha sempre me pareceu uma coisa meio sinistra. Postes de luz empenados, sem lâmpadas. A imensa porta de madeira fechada, alimentando cupins. Morcegos entocados nas calhas e as pombas chocando filhotes por baixo das telhas. Ruínas. Capim crescendo no telhado. Era a casa de Deus. E talvez não fosse mesmo coisa absurda, fora de propósito, essa convivência pacífica de assombração com a residência de Nosso Senhor.

Havia a história do cara que assistiu a uma missa do galo cheia de almas penadas. E vira e mexe alguém ouvia o choro de crianças ecoar dentro da igreja vazia. Essas mesmas histórias mais ou menos inventadas – assustadoras, engraçadas –, que há em todo lugar. O diferente ali era mesmo esse lance do terreno que tinha sido cemitério, mas que depois não era mais cemitério. Essa coisa de desenterrar os mortos e despachá-los pra outro lugar.

Então disseram que uma vez, numa reforma antiga, acharam uma caveira mais ou menos inteira, e noutra vez um osso de perna. E devia ter mais coisa enterrada. E foi então que alguém comentou que mudaram o cemitério só por cima, cravando cruzes e placas em outro endereço.

* * *

O Éder Bombinha tinha uns sete anos. A mesma idade que eu, mas era mais esperto. Sempre fui um cara meio atrasado. Eu achava que com uma colher de pedreiro e uma caixa de sapatos, a gente podia escavar aquela coisa toda. Achar uns ossos, caveiras, lascas de perna.

* * *

Quando se escreve por fragmentos, pode-se escrever para sempre. Não há antes e depois do fragmento. A dinâmica do fragmento é como a memória. Age por conta própria. E nunca sabe quando parar.

* * *

Guardei aqueles cacos de osso numa caixa de sapato. Enfiei debaixo da cama. Minha mãe descobriu e jogou tudo fora. Disse que aquilo estava contaminado. Cemitério de bexiguentos, leprosos, amaldiçoados. Corpo desmanchando em vida, como todo corpo, caindo aos pedaços, só que mais rápido. Sem tempo de a alma escapar.

* * *

Os dentes são o índice maior da precariedade do corpo. A boca arreganhada, o porcelanato de madames ricas de dentadura, o sorriso vazio e alegre da desigualdade. Os felizes, bem adaptados, seus dentes reluzindo num *flyer* de condomínio em Ilha Bela, que a moça sem dentes entrega no farol. Os depressivos quase nunca escovam os dentes.

* * *

As histórias, causos, lendas são também fragmentos de uma história maior que implodiu e se partiu como um espelho de mil cacos. Importa menos o assunto, mas seu caráter irredutível, sua sobrevida aos choques e abalos das épocas. A força do fragmento está nesse resíduo de enigma, charada, falta de explicação. As respostas morrem soterradas no seu tempo. As perguntas e os enigmas sobrevivem, de boca a boca, livro a livro. Aos pedaços. O enigma é o único laço possível entre o passado e o presente.

* * *

Fiquei ajoelhado, sozinho, cuspindo sangue no chão. Uma poça vermelha e a camisa toda manchada. O sol alto, e o Éder Bombinha tinha ido embora. Voltei pra casa com medo e vergonha. Os dentes guardados na mão e um cheiro forte de sangue na boca. Um cheiro e um gosto que eu nunca esqueci. Humilhação.

* * *

Tinha uma festa de igreja ali naquela praça. Junho ou julho, não sei. Lembro-me de barraquinha de lona preta, fogueira, música alta. O Éder Bombinha enfiou um gato dentro de uma caixa de sapato. Um filhote. Jogou álcool lá dentro e amarrou a caixa com fita isolante. Jogou a caixa de sapato dentro da fogueira. O bicho gemeu pouco. Não demorou muito. Ninguém fez nada.

* * *

Antes de qualquer investigação da alma, é necessário investigar os dentes. Na destruição total, são esses cacos de osso na boca o único resquício que nos separa do mundo das pedras, do pó, do silêncio absoluto. O osso é a alma concreta, mineralizada.

* * *

De todas as histórias que ouvi na infância, a mais impressionante era a de um fazendeiro chamado Zé Juquinha. Diziam que o homem era tão ruim, mas tão ruim, que costumava enfiar o salto da bota cheia de esterco fresco no angu que os escravos estavam cozinhando. Descia o malho nos negros sem qualquer razão aparente. Só por cisma. E hábito. Esses bichos são muito folgados, era uma frase que ele repetia, não pode dar brecha. Quando morreu, sua maldade era tão grande que não coube nem no inferno. Foi assim que me contaram. Zé Juquinha era bisavô do velho prefeito, vendido como novo.

* * *

Depois que mudaram o cemitério de lugar, a igreja ficou assombrada. Assombrada também era a fazenda do prefeito, herdada do velho Zé Juquinha, que a tinha construído com suor de negros escravizados. Havia quem dissesse ouvir cantoria de preto em noite de lua. Vento sussurrando em dia de sol branco, ar parado. Além de apedrejar os telhados (nalgumas vezes, pedras apareciam misteriosamente dentro da cozinha e repicavam nas panelas, sem que houvesse nenhum furo nas telhas), e bater portas e janelas, os fantasmas foram além. O prefeito fazendeiro saiu dali com as costas e pernas cheias de vergões. Marcas de chicote. Se estocar fundo com a enxada, ouvi um preto velho dizer, é capaz de minar sangue da terra.

* * *

Éder Bombinha era sobrinho do prefeito, parente distante do Zé Juquinha. Amor é custoso demais de aprender, quase impossível de ensinar. O mal é hereditário. E natural. Não podemos esquecer. Orai e vigiai. Quando os homens desenterraram o cadáver de seu Zé Juquinha, pra cremar os ossos, caíram sentados de susto. A tábuas do caixão roídas, podres e bichadas. Mas Zé Juquinha estava inteiro, feito uma múmia sem faixas. Os olhos arregalados. Corpo seco. Cabelos esticados, barba tampando o pescoço. E as unhas grandes, crescidas, fazendo arcos e pontas. A do pé era tão dura que furou o sapato. Uma ponta de faca.

* * *

Jogaram gasolina por cima e meteram fogo no desgraçado. Rezaram três ave-marias e quatro pai-nossos. Demorou sete horas pra queimar. Os homens desceram a cabeça da enxada nos cacos de osso. Sobrou um pó meio cinza, meio cor de cimento, meio azulado. Fedia enxofre, queijo podre, creolina.

Marcos Vinícius Almeida é jornalista, escritor e mestre em Literatura e Crítica Literária (PUCSP), com bolsa Fapesp. Possui trabalhos publicados em revistas e jornais como Ilustríssima, Suplemento Literário de Minas Gerais e Revista *Cult*. É integrante do coletivo literário Escritorxs de Quinta. Foi um dos laureados no III Prêmio UFES de Literatura, em 2015, na categoria antologia e no I Prêmio UFES de Literatura, em 2010, na categoria contos. É autor do volume de contos *Paisagem interior* (Penalux, 2017).

Noa

MAURO PAZ

Até eu entrar na 8ª série, acreditei que Noa apanhava porque os outros meninos gostavam de ver seu nariz sangrar. Bonito. Fino. Simétrico. Nem grande nem pequeno demais. O nariz de Noa, quando esmurrado, liberava duas rápidas linhas de sangue. A narina esquerda sangrava mais. Muitas vezes, inclusive, manchava sozinha a camiseta branca do uniforme. Nunca soube se o nariz de Noa era herança do pai ou da mãe. Conheci apenas a avó. Os dois moravam numa casa de madeira na rua aos fundos da igreja. Dias de chuva, inundava toda aquela parte sem asfalto do bairro. Escoras de pedras separavam por meio metro a casinha verde do chão. O que não adiantava muito. A base das tábuas apodrecia mesmo assim.

A avó de Noa trabalhava como diarista para os lados do centro. Encostava cedo no ponto de ônibus sempre abraçada numa sacola funda de lona amarela e com um cigarro aceso na mão. Voltava no começo da noite. Elsa era calada, de cabelos brancos, testa alta e nariz torto. Bem feia até e nada simpática. Nunca entendi por que minha mãe gostava daquela mulher. Só sei que, no começo da 5ª série, minha mãe parou de me buscar na escola. Pra eu não voltar sozinho, pagava à Noa dez reais toda semana. Na volta pra casa, eu falava sem parar sobre futebol ou inventava uma mentira. Noa caminhava apressado. Odiava futebol. Durante a educação física, jogava vôlei ou corria ao redor do campo de areia. Naquela época, Noa deixou o cabelo crescer. Foram uns sete meses até a franja loira formar um rabo de cavalo. Não precisaram muitos dias até arrastarem Noa pelo cabelo corredor afora.

Tiago Nunes foi o primeiro na escola a puxar o cabelo de Noa. Dos quatro Tiagos da minha sala, Nunes era o mais imbecil. Filho de um escrivão de polícia. Cara de porco espinho. Nunes nunca andava sozinho. Há nos idiotas esse poder de agrupamento. Rafael, Douglas e Cássio, um garoto ruivo que fungava o nariz quando ria, repetiam qualquer asneira que Nunes falasse. Os quatro moravam a duas ruas abaixo da minha casa. Seguiam Noa e eu todo maldito dia de aula. Gritavam coisas como "Rebola, boneca". Arremessavam cascalhos e riam. Quase nunca mexiam comigo por ser filho de juiz.

No aniversário de Noa, os quatro nos cercaram em frente a um terreno baldio. Cássio me deu uma gravata. Douglas e Rafael seguraram Noa pelos braços para Nunes operar a tesoura. Depois disso, Cássio correu por uma quadra exibindo o rabo de cavalo como uma tocha, que Nunes dispensou dentro de um valo. Noa juntou a mochila no chão. Seguiu sem me olhar no rosto. Em frente a minha casa, eu não fazia a menor ideia do que fazer, então disse "Feliz aniversário".

Às vezes a gente leva muito tempo para entender o que deve fazer. Pelo menos comigo é assim. Sou um pouco tapado e um bocado covarde. Depois do episódio do cabelo, minha mãe deu cem reais a Noa e o dispensou do trabalho de me acompanhar pra casa. Era mais seguro eu voltar sozinho. Além disso, meu pai escutou boatos num churrasco. Fomos proibidos de andar juntos. Acompanhei a distância os insultos e surras que Noa sofreu até o último dia letivo da 8ª série. Noa chegou à escola com uma jaqueta nova. Rosa. Comprada com as economias do salário que recebia para empacotar compras num supermercado do centro. Na saída da aula, percebi Nunes e o trio de idiotas se aproximarem de Noa. Corri para o socorrer e recebi o primeiro soco da briga. Bem no meio da cara. Rafael quem deu. Um apito gritou nos meus ouvidos por alguns segundos.

Quando voltei a mim, estava no chão com Noa. Os chutes vinham de todos os lados. Não contente com a surra, Nunes arrancou a jaqueta de Noa. Improvisou um lança-chamas com o isqueiro de Cássio e um frasco de desodorante que trazia na mochila. A língua de fogo cobriu a jaqueta. O nylon se contorcia. O quarteto gargalhava e prendia Noa e eu no chão com pontapés. Entre a fumaça preta da jaqueta em chamas eu vi Noa chorar pela primeira vez. Retorcido, desfigurado como aqueles quatro queriam desde a primeira vez que lhe esmurraram o nariz.

Ao contrário do que Nunes temia, meu pai fez porra nenhuma ao saber que tomei uma surra. Era pra eu aprender de vez a não me meter com veado. Minha mãe me entregou um frasco de água oxigenada e um rolo de algodão. Higienizei o corte no nariz, joelhos e bochecha ralados. No ensino médio meus pais me enfiaram em uma dessas escolas preparatórias para o vestibular. Ficava a vinte quilômetros de casa. Eu acordava às seis da manhã. Pegava o ônibus com Elsa, avó de Noa. Muitas vezes quis perguntar como ele estava. Em qual escola. Ou se mudara de trabalho. Nunca falei nada. Os três anos de ensino médio me engoliram com aulas pela manhã e simulados à tarde. No verão em que passei no vestibular, vi Noa pela última vez. Foi em frente de casa. Noa usava um vestido e rabo de cavalo. Passou de mãos dadas com um sujeito magro que usava bigode e uma regata branca. Abanei. Noa sorriu de volta. Pude sentir o peso do soco de Rafael no meu nariz. E o ciúme de perder a minha primeira paixão.

Mauro Paz é escritor, publicitário e cineasta. É integrante do coletivo literário Escritorxs de Quinta. Além da participação em diversas antologias, tem três livros publicados: *Por razões desconhecidas* (IELRS), finalista do Prêmio SESC de 2012; *São Paulo – CidadExpressa* (Editora Patuá); e *Entre lembrar e esquecer* (Editora Patuá), finalista do Prêmio São Paulo de Literatura 2018.

Um passo em falso de cada vez

NATÁLIA ZUCCALA

Desperto 45 minutos antes do necessário. Não rolo na cama para voltar a dormir – os olhos recusam-se a fechar – não me levanto tampouco: para preparar o café, ler jornal, tomar um banho ou olhar pela janela. Permaneço apenas, durante os minutos horizontais que me restam, na mesma posição em que estava quando acordei. É segunda-feira outra vez. A última de outubro. Logo acaba o mês. E o ano. Quantas segundas hão de raiar após domingos nos quais o sol se pôs?

O despertador afinal toca, e os olhos, que mal piscaram durante quase uma hora, estão secos (são incapazes de lubrificar a visão). Esfrego os punhos sobre as pálpebras por costume e nada mais, elas incham levemente. Ao sentar à beira da cama, assalta-me a certeza de que esta noite tive sonhos intranquilos. Pesadelos. Talvez fantasmas ou outras assombrações.

Boto o primeiro pé no chão, com cautela, e, assim que o segundo tenta apoiar-se à frente do outro para esboçar um caminho, o anterior vacila e logo cede. Caio com a cara no chão – os pés já não desejam caminhar. A queda é tão leve quanto é a força das pernas neste momento, não me machuco muito. Ainda assim, doem um pouco os ossinhos da bochecha (golpearam o piso frio do quarto).

Com algum custo, os joelhos levantam-se e apoiam-me num impulso para a subida: estou em pé. Os dedinhos relutam, não querem acordar, dançam em espasmos. Desobedientes, quase me impedem de andar.

Agarro o bule de água fervente para derramá-la sobre o pó do café no filtro de papel e, neste momento, perco a mão direita. Ela se desarticula do resto do corpo e quase atenta contra minha integridade física, queria lembrar-me do que sonhei. Parte da água cai na barriga e machuca a pele, com o que sobra a mão esquerda passa o café. Os dedos perguntam-se como hão de escrever no quadro negro hoje.

No ônibus cheio, os antebraços prometem separar-se do corpo. As palmas das mãos agarram a barra para não caírem. Os ombros vacilam na tentativa de manter fixas ao tronco suas extensões, por vezes acabam por derrubá-las. As mãos (queimam de tanto resistir à queda) hesitam em me atracar. Ninguém vê a encenação convulsiva que as minhas extremidades ensaiam na avenida, isto é certo: uns dormem, outros escutam os fones de ouvido, uma moça se maquia há dez minutos, eu ainda tenho mais 30 de trajeto, nos quais é preciso permanecer aqui, vertical.

Apregoa-se o pensamento à visão – os olhos nunca descansam – para ajudar na tarefa de ancorar o corpo: conto os pingos da chuva que escorrem pela janela embaçada. Todos os vidros do coletivo estão fechados, faz calor e o ar – que tem cheiro de sono, suor e metal – não circula. Como será amanhã?

Solto todo o peso sobre a cadeira empertigada diante do quadro negro e, observando as carteiras à frente, percebo que ninguém faltou hoje (apesar do tempo e dos tempos, estão todos irremediavelmente aqui). O estômago anuncia sua autonomia em relação aos outros órgãos: fala, revolve-se e pretende descolar-se das entranhas. Preciso vomitar, mas não posso (diante de todos eles não). Aqui sou um modelo de conduta, má ou boa influência, daí a necessidade de controlar tudo o que eu digo ou faço. Por isso faço e falo pouco, somente o necessário.

A boca engole, sem mastigar, o vômito, que quase chega aos dentes, mas então retorna ao seu lugar de origem. As vísceras tentam lançar-se para fora do corpo através do umbigo, seguro a carne na cadeira do professor – pequena para um adulto, maior que as das crianças – e suo.

A garganta reconhece que em breve terá de falar e então percebe que ainda não emitiu um som sequer na manhã de hoje (que dirá palavras e frases). O relógio da sala fica na parede oposta ao quadro negro, na linha de alcance dos olhos dos professores e às costas dos alunos. Eles não o veem, pois cabe a nós monitorar o tempo. Os ponteiros informam que os olhos já estão abertos há mais de duas horas. Os pulmões suspiram pela primeira vez no dia, alguns alunos bocejam, outros endireitam-se nas cadeiras, muitos respiram somente, todos sabem que é preciso começar, ninguém sabe o que há de acontecer daqui para frente.

No centro da laringe avoluma-se um punho, procuro esquecer que não consigo me lembrar do que sonhei. A chamada insiste para que os professores se certifiquem da presença dos alunos. Apesar do esforço para avolumar a voz, ela se lança pela sala de aula atipicamente aguda, mas não alta (falta força). Eles atendem à lista mais por costume do que por resposta, nunca é preciso terminar de pronunciar seus sobrenomes para que digam “presente”.

Roucos e baixos, articulam-se os fonemas que reverberam desde a minha boca até os ouvidos das crianças, que, de seus lugares, atendem aos comandos sem relutar, obedecem sem renitência, realizam e operam. Hoje a linguagem se comporta em favor da ordem. A ausência de questionamentos e a evidência do acato é um alívio para os ouvidos, afinal, os alunos não podem perceber a insubordinação de intestinos que desejam projetar-se reto afora.

Uma mosca ordinária zumbe na primeira fileira e logo em seguida pousa as patas certeiras sobre o livro didático de História do Brasil. Os alunos, que quase leem e quase dormem, descansam o cérebro a escutar o inseto (República Nova é o tema do dia). A lista de exercícios de verificação de leitura é longa o suficiente para mantê-los ocupados até o final da aula e ainda bem: tenho mais quatro dessas pela frente e um corpo cheio de membros.

A jornada de trabalho, após cinco aulas dadas, desdobra-se em outras três horas em casa. Entre correções e planejamentos, esforço-me para conter os dentes que se mordem, a baba que se avoluma nas bochechas (escapa um pouco entre os lábios) e a língua que pulula. A boca limpo na manga do agasalho – acordada há 12 horas, tenho mais algumas adiante.

As pernas sentam-me no sofá para tentar conter os pulmões que se acotovelam e acabam por esmagar seu vizinho, o coração. Sorvo uma xícara de leite quente enquanto miro a televisão do apartamento em frente, pequeno tanto quanto o meu. Em casa, não tenho televisor. Os olhos identificam o noticiário da noite, tentam observar quais são as manchetes do dia, talvez ele já esteja dormindo. Não. O velho levanta-se e, como tem se tornado um hábito nos últimos meses, vai até a janela encarar-me. Sorri enquanto abre a braguilha, coloca o pau para fora e começa a masturbar-se. Eu também, feito reflexo, levanto. As mãos tremem as cortinas até fechá-las por completo e então direcionam-se à cozinha para lavar a xícara. Ele gargalha, assim que me escondo. Quanta velhice ainda lhe resta?

Os joelhos, mal me posto diante da pia, começam golpear-se, os cílios choram. Contra o piso de azulejo o meu corpo e a xícara estilhaçam-se: o primeiro debate-se um pouco antes de se acalmar, os cacos de porcelana rompem-se em pedaços assimétricos, o chão é frio e a lâmpada incandescente pisca. Suor escorre pelo rejunte sujo, as lágrimas buscam juntar-se a ele.

A imagem do velho na janela, já cravada na memória pela acurácia com que se repete todos os dias, eclode, enquanto jaz minha forma física na cozinha. É o encontro da cabeça com o piso e esta imagem (no entanto) o que permite o cérebro acessar a memória do sono. Lembro-me agora do que sonhei.

Algo como um comércio de bairro: familiar, escuro, abafado e sujo. Ao fundo, recurvada, o nariz quase a encostar nas cerdas da vassoura, uma faxineira tentava limpar o piso sarapintado de sangue, mas só conseguia espalhá-lo mais. À frente, um grupo saudava-se e despedia-se. Pude ouvir o que um deles dizia, enquanto apertava a mão de outro: "O mais importante é desmembrá-los: cortá-los, dilacerá-los e depois varrê-los".

Trajavam sorrisos fantasmáticos e se fantasiavam de homens comuns, por dentro de suas camisas e camisetas, no entanto, eu sei, vestiam leis.

* * *

Braço e braço, cravados alternadamente no chão, impelem o resto de mim pela sala (vamos em direção ao quarto). Acho que estou cansada. Fico contente por ter fechado a cortina e saber que o velho não pode observar esta cena. Me visse assim, haveria de colocar o pau para fora outra vez e, com ainda mais escárnio, gozaria de minha situação.

Tento, mas como não consigo apoiar o peso sobre as pernas, levantar o corpo e subir na cama para deitar sobre o colchão. Num arroubo puxo o lençol junto aos cobertores para mim, dou sorte e o travesseiro cai junto. Assim que os olhos se fecham – pescoço apoiado na fronha velha – palavras de ordem costuradas com silêncio e sangue assaltam as retinas sem prenúncio. Logo falta o ar na traqueia e busco estimular os pulmões. Inspirando em trações, tento não temer o passado.

Hoje descanso no chão duro meu corpo, quem sabe possa ter sonhos melhores, ainda assim. Amanhã, porém, espero poder respirar e andar livremente. Afinal, a semana mal começou, ainda é segunda-feira.

NATÁLIA ZUCCALA é escritora e professora. Publicou seu primeiro livro de contos, *Todo mundo quer ver o morto*, pela editora Patuá, em 2017. Formada em Letras pela USP, dá aulas de Língua Portuguesa e Literatura em escola. Suas peças *A* e *Fenda* foram montadas pelo coletivo de dramaturgos Antessala, o qual integrou como dramaturga e atriz. É integrante do coletivo literário Escritorxs de Quinta.

Autoritarismo

NATÉRCIA PONTES

É ensurdecedor quando morre alguém que você ama. Você fica surda. Mas naquele dia quem morreu foi um desconhecido e o impacto do seu corpo velho na lataria me lembrou o som de um presente sendo desembrulhado.

Estávamos no carro eu, os pais da Coutinho e minha melhor amiga. A Coutinho se absteve da comemoração do próprio aniversário, um final de semana na serra. (Uma briga boba com a mãe, a quem andava lançando canivetes, selou sua ausência na chácara da família durante aqueles dias de sol e frio.)

A verdade é que não sentimos falta dela e dessa forma o fim de semana correu bucólico e aconchegante, sem incidentes: chocolate, baralho, móveis de mogno, primaveras multicores, passeio de bote e cricrilar noturno. Antes de dormir eu precisei soprar forte dentro da coberta para esquentar meu corpo magro.

O plano era voltar com a luz do dia, mas, como nem eu nem minha melhor amiga conseguíamos achar nossas coisas, carregamos o porta-malas com nossas tralhas encardidas na altura do pôr do sol. Precisávamos pegar uma estrada de terra batida para descer a serra, depois alcançar a BR rumo a nossas casas de guarda-roupas mofados e ralos entupidos com bolos de cabelo.

Há meses eu trazia uma agonia comigo: a de não poder me desmanchar nos outros. Eu crescia, ganhava seios e pelos nos sovacos, e meu corpo me assustava dia após dia; quem eu era não sabia mais, antes não havia pensado nisso, quem eu não podia ser era cada vez mais flagrante: eu não podia ser a minha melhor amiga, eu não podia ser um prato de louça, um cão, um ferrolho, uma traça, eu não podia ser nem mesmo a Coutinho. Ao mesmo tempo eu lutava para não me sentir tudo isso, todos os seres do mundo, todos os objetos do mundo.

Era início da noite e descíamos a estradinha num completo breu. Os bananais encobriam um céu pouco antes roxo que antecipava mais uma noite úmida. Compridas letras S pedregosas, margeadas de aclives cobertas de mato, eu e minha melhor amiga chacoalhávamos no banco de trás, enquanto os pais da Coutinho trocavam sílabas íntimas, a mão sobre a coxa. O rádio estava desligado e por isso ouvimos o som tão claro. Os olhos espelhados de um gato, instantes antes do impacto.

A película que me impedia de me dissolver nos outros era transparente, mas não romperia nunca. Eu estava fadada a meu corpo magro e naquela circunstância eu estava fadada a estar no banco de trás de um carro, conduzido pelo pai da Coutinho, numa estrada escura e de terra. O pai da Coutinho tinha um pescoço tomado por pelos grisalhos e esgrouvinhados. Parecia uma crista de galo nas partes sem pelo. Depois do impacto, com a cabeça jogada no banco, próxima às canelas da minha melhor amiga, ouvindo diminutos estalos dos meus ossos, lembro de avistar o pescoço do pai da Coutinho com os músculos soltos, um tanto indolente, como se tivesse passado os pneus do carro por cima de um galho inofensivo.

Até trinta quilômetros por hora o risco de morte por atropelamento é praticamente zero. Após sessenta por hora, o percentual desse risco aumenta para cem por cento. O carro do pai da Coutinho descia a serra a mais de trinta, a menos de sessenta.

Eu não sei dizer se me incluo no carro do pai da Coutinho. Nem mesmo se incluo o pai da Coutinho em seu próprio carro.

Quem atropelou aquele senhor pequeno no escuro? A mãe da Coutinho? Minha melhor amiga? As nossas tralhas encardidas chacoalhando no porta-malas?

Quando ouvi o barulho, parecia que era eu o barulho. Depois, que era o senhor pequeno, o meu corpo. Minha cabeça pendida, as canelas da minha melhor amiga, trêmulas sobre o banco de trás, formando um todo, como antenas escapando do topo da minha cabeça. A minha cabeça saindo do pescoço rugoso do pai da Coutinho. O braço do pai da Coutinho pousado na coxa estufada da mãe da Coutinho: o braço também era a coxa. Lá fora, os grilos, o gato e o senhor pequeno estavam separados pela lataria do carro. Eu lutava para não ser tudo isso. O pescoço. Mas era.

O senhor pequeno ficou lá, jogado na estradinha de terra, enquanto seguíamos os quatro em direção às nossas casas.

NATÉRCIA PONTES nasceu em 1980, em Fortaleza, e mora em São Paulo. Autora de *Az mulerez* (Edição do autor, 2004) e *Copacabana dreams* (CosacNaify, 2012, finalista do Jabuti 2013), organizou o livro de contos *Semana* (Hedra, 2007) e participou de diversas coletâneas, sendo a última *Heróis urbanos*, lançada pela Rocco em 2016.

Lição de casa

PAULA FÁBRIO

Era Dia da Pátria. 1977.

Usava-se cantar o Hino. Usava-se guarda-pó branco na escola. Ganhava-se um brinquedo com as cores da bandeira nacional. Naquele ano, uma bengala de papelão: verde-amarelo-branco. Homenagem aos senhores da liberdade, nas mãos da criança primeiro-anista. Havia uma alegria. A alegria vinha da inocência de não saber qual pátria seria aquela.

A bengala girava pelo ar no caminho até a casa. Tarde agradável que as professoras fizeram questão de enfeitar. Houve até um teatrinho. Havia tantos, afinal. E a criança não cessava de contar e recontar os feitos daquela tarde para a mãe. Felicidade estendida até a porta de casa. Haveria a lição, mas ainda não.

Agora ainda é tempo de sorrir um pouco mais. A criança está tão feliz. Até já se esqueceu do irmão mais velho e dos amigos dele. Não havia espaço para mágoas ou rancor. Era tão nova a criança.

Ela já havia esquecido o choque na tomada: quando o irmão mais velho lhe ensinou a abrir o grampo de cabelo e enfiar cada ponta naqueles dois buracos que se assemelhavam a uma fuça de porco. Mas o irmão e os amigos dele não esqueciam nunca a menina: aqueles homens de quase vinte anos a comparar seus carros Passat, painel, lanterna e motor; aqueles homens de quase vinte anos a dançar nas discotecas tomando uísque batizado, mas com nojo de garotas que bebiam como eles. Esses caras não esqueciam a criança, porque eles queriam transformá-la.

A criança já havia esquecido tantas coisas. Por isso ela correu e beijou e abraçou o amigo do irmão mais velho. Ele fez gracejos. Ele cheirava a perfume bom. Ele tinha um bom coração. Mas ele lhe tomou a bengala. Ela pediu de volta. Ele negou. Ela implorou. Ele arremessou a bengala ao galho mais alto da árvore. Ela esticou o corpo, ficou na ponta dos pés, deu um salto e chorou.

Mais tarde a menina voltou a suplicar, dessa vez para a mãe. Mas a mãe também não alcançava o galho mais alto da árvore. O amigo do irmão mais velho cruzou os braços e sorriu. A angústia da criança lhe provocou um júbilo, talvez. Ele sabia, estava prestes a perder aquela amiguinha, à qual ele prezava, vira nascer. Mas algo mais forte lhe sucedia. Olhou seu Passat preto e se lembrou: somente ele tinha o modelo *touring super* naquela cor.

Enfim, o pai da menina despontou no fim da rua. E ela correu atrás dele.

Puxou as mangas de seu paletó. Insistiu.

Em silêncio, o pai seguiu para o banho. Saiu sereno da água, vestindo um pijama macio e limpo. A menina lhe contou tudo, a traição, o descaramento, o deboche dos inimigos, a bengala no alto da árvore, a bengala que ela mesma fizera com a professora. Havia sido um dia tão especial. Dia da Pátria. *Pater*. Ele deveria ir lá fora e dar um esporro naqueles marmanjos.

Ele deu foi um tapa na cara da menina, com as costas da mão.

Para que ela aprendesse a se virar sozinha.

A bochecha ardeu até bem tarde da noite.

Depois, alguém resgatou a bengala. A bengala não interessava mais à menina. A sua pátria passou a ser ela mesma.

Paula Fábrio nasceu em São Paulo, onde mora. É mestre e doutoranda em Literatura pela USP. Seu romance *Um dia toparei comigo* (Editora Foz) foi finalista do Prêmio São Paulo de Literatura 2016. *Desnorteio* (Patuá), seu livro de estreia, venceu o mesmo prêmio em 2013. A autora dá aulas de escrita criativa e mantém uma coluna de entrevistas na *Revista Pessoa*. Em 2019, lançou seu primeiro livro juvenil, *No corredor dos cobogós* (Edições SM).

Kafka come pão em Florianópolis

PAULO SCOTT

O sujeito que solicitou que o seu nome não fosse revelado foi premiado escritor de ficção e, lá no final da sua adolescência, foi poeta. A crise que fez o país despencar pro lugar de mais um país da América Latina que não consegue encontrar o rumo do crescimento, do desenvolvimento e da justiça fez também o consumo de livros cair drasticamente. Como pessoa pragmática que é, o sujeito que solicitou que o seu nome não fosse revelado, àquela altura, achou que o melhor era canalizar suas energias, as energias de quem já começava a se aproximar dos quarenta anos de idade, pra algo que desse certo e fosse vitorioso de verdade. Deixou São Paulo no início de dois mil e dezoito e foi morar em Florianópolis, capital de Santa Catarina, um dos poucos lugares do país onde as crises da falta de dinheiro e da violência ainda não tinham chegado, ainda não estavam impedindo os catarinenses das classes altas de circularem, seguros, felizes e consumirem o que estavam acostumados a consumir. Alugou um apartamento de dois quartos na parte mais rica da área central da cidade e recomeçou a sua vida, passou a trabalhar pros coordenadores duma campanha publicitária massiva em favor do agronegócio no país, uma campanha que aparecia nos anúncios na internet e nos comerciais de um minuto no horário mais nobre dos canais e emissoras de televisão da empresa de telecomunicação mais poderosa do país, uma das empresas mais poderosas do mundo. O sujeito que solicitou que o seu nome não fosse revelado gostava de pensar em frases e argumentos que mostrassem o quanto a agroindústria, o agronegócio, o agrofuturo, o agrotudo eram bons, sempre bons, pro país. Era um desafio estimulante, um desafio maior do que o desafio de preparar discurso de político em campanha eleitoral, que era o que ele fazia em São Paulo para quem pagasse mais. Um negócio como aquele no qual se meteu envolvia posse, impedir demarcação oficial de área indígena, de área quilombola, envolvia disputa, coerção, coação, envolvia título de propriedade, alteração de título de propriedade, envolvia perdão de dívidas fiscais, favores, financiamentos, privilégios, envolvia projetos de leis, mudanças de leis, revogações de leis, descumprimento de leis, envolvia compra de senador, de deputado, envolvia compra de policial militar, de policial civil, compra de juiz, compra de jornalista, envolvia contrato com empresas de segurança armada, escolta, aquisição de colete à prova de bala, acerto com jagunço intimidador, com jagunço matador, envolvia matar. Terra é muito mais importante do que política, o sujeito que solicitou que o seu nome não fosse revelado sabia. Quando as campanhas pras eleições de dois mil e dezoito começaram de verdade, que foi quando a seleção do Brasil caiu fora da Copa do Mundo da Rússia, o sujeito que solicitou que o seu nome não fosse revelado deu um tempo no seu ativismo publicitário do agronegócio pra internet e pra televisão e se concentrou nas eleições, cujo resultado, para que ele continuasse bem com os caras do agronegócio, os caras que pagavam a sua vida tranquila em Florianópolis, caras que também coordenaram as estratégias que foram seguidas por quase todos os candidatos a cargos eletivos que representariam diretamente os interesses do agronegócio em todos os cantos do país, não podia ser outro que não o aumento das bancadas dos senadores e deputados que defendessem o agronegócio, o agrofuturo, o agrotudo, aumento da tropa do agronegócio nas assembleias legislativas dos estados, nos palácios dos governos dos estados. Ninguém estava brincando, o sujeito que solicitou que o seu nome não fosse revelado sabia. O pior daquelas eleições foi ter de sair da sua rotina, da paz do seu bairro, da elegância do seu bairro de gente educada, gente que sabia se vestir, que viajava o tempo todo pro exterior, que tinha casa em Portugal, em Miami, gente que frequentava os cafés e confeitarias da parte chique de Florianópolis, foi voltar a imergir na rotina insana, velha conhecida sua, de almoços, jantares, noitadas com coordenadores e assessores de campanhas eleitorais, um povo nervoso, povo que entupia os ouvidos dele com todo o tipo de solicitações, mandando ele, a máquina de transformar descalabros em frases racionais, frases que convencessem, readequassem, com a sua escrita, com o seu humor, com o seu sarcasmo, com a sua magia, as ideias deles em slogans pra cartazes, em discursos pra palanques, pro horário eleitoral, pra rádio e tevê, pra memes da internet, em argumentos pra debates, em respostas praquelas perguntas que jornalistas comunistas, como seus clientes adoravam dizer, faziam apenas pra colocar políticos contra a parede, seria ter de aguentar, sobretudo quando o álcool tivesse subido às cabeças deles, o papo de que respeitar áreas de preservação ambiental, melhorar o monitoramento do desmatamento da Amazônia, atenuar o comprometimento dos recursos hídricos, garantir a proibição de uso de agrotóxicos condenados na maior parte dos países do mundo, reexaminar a política de liberação das sementes transgênicas, manter a campanha de combate ao trabalho escravo e ampliar a fiscalização do trabalho escravo não passavam de conversinha de gente que não prestava, gente vagabunda, escória da sociedade, gente que não sabia o que era levantar antes do sol raiar pra tocar a lavoura, fazer a colheita, conversinha que só atravanca o crescimento econômico do país, um país que precisava se moralizar, criar vergonha na cara e voltar a crescer, um país que precisava vencer. Durante aquelas eleições, vinculado em tempo integral ao grupo do agronegócio, o sujeito que solicitou que o seu nome não fosse revelado, às vezes ficava se perguntando se ainda tinha inclinação pra destruir, pra reduzir os argumentos dos inimigos a pó, se o seu cinismo tinha a mesma solidez, se um dia sua proximidade com os caras do agronegócio não ia se transformar em acordo de Fausto. Mas logo em seguida dizia para si mesmo que esse dia, mais cedo ou mais tarde, ia chegar, ele, como estava dito naquela letra do Vitor Ramil, que era uma adaptação duma letra do Bob Dylan, ia ter de servir a alguém, ia se vincular a alguém, ficar preso a alguém. E no balanço geral, dizia para si mesmo que, no caos no qual estava mergulhado o Brasil, era melhor andar com latifundiário, ruralista, do que andar com os evangélicos, ou com os candidatos do crime organizado, do PCC, do que sobrou do Comando Vermelho, das milícias de ex-policiais militares que eram até mais bandidos do que os bandidos que combatiam, ou com os desmiolados, palhaços, bufões, que pediam a volta da ditadura militar e veneravam torturador. O sujeito que solicitou que o seu nome não fosse revelado comprou uma cobertura em Florianópolis e continuou trabalhando pro agronegócio, apesar do medo crescente, o medo que é o seu único companheiro neste momento, nesta cela pra qual foi arrastado, depois de tomar uns tapas e umas pauladas nas costas, sem saber a razão. Fez tudo direito. Mas todos estão paranoicos. Todos são inimigos nesta ascensão do príncipe, do herdeiro que se fez de palhaço, usando a blindagem agressiva dos palhaços. Promessa de que ia eliminar geral, com a ajuda dos seus bombeiros.

A começar pelos que abandonaram a magia e ousaram dizer não. [continua.]

PAULO SCOTT nasceu em Porto Alegre (RS) e mora em Florianópolis (SC). É autor de cinco livros de poemas – o mais recente, *Mesmo sem dinheiro comprei um esqueite novo* (Companhia das Letras) foi vencedor do Prêmio da APCA (Associação Paulista dos Críticos de Arte) em 2014. Tem outros cinco livros de prosa, dentre eles o de contos *Ainda orangotangos* (Bertrand Brasil), e os romances *Habitante irreal* (Alfaguara), vencedor do Prêmio Machado de Assis 2012 e lançado na Alemanha, Portugal, Inglaterra e Estados Unidos, e *O ano em que vivi de literatura* (Editora Foz), vencedor do Prêmio Açorianos de Literatura 2016. Atualmente, trabalha no romance *Marrom e amarelo*.

Romemance – Uma tragédia

RICARDO LÍSIAS

Maria Alcântara
assessoria para redes sociais
(11) 963789233 tim
974219766 claro

EM CASO DE DÚVIDA, FIQUE DO LADO DOS MAIS POBRES.
"O QUE OPRIME AO POBRE INSULTA AO SEU CRIADOR: MAS HONRA O CRIADOR AQUELE QUE SE COMPADECE DOS NECESSITADOS."
PROVÉRBIOS 14:31
ISAÍAS 58:6-8 | MATEUS 25:41-45 | ISAÍAS 1:11-17 | EZEQUIEL 16:49
TIAGO 2.5 | GÁLATAS 2:9,10 | AMÓS 5:10-12 | SALMOS 41:1
#CRISTÃOS CONTRA O FASCISMO

NÃO SOU PETISTA...

... Mas tenho sonhos: poder me aposentar e ter meu 13º salário.
... Mas sou evangélica: Jesus disse "amai-vos uns aos outros".
... Mas sou mãe: quero educar meus filhos com livros, não com armas.
... Mas sou mulher: não quero um presidente que acha que sou fruto de uma fraquejada.
... Mas tenho família: quero ter um emprego digno, com direitos que me protejam.
E tenho certeza: não me sinto bem com as atitudes do Bolsonaro.

...POR ISSO VOTO HADDAD 13

NÃO SOU PETISTA...

... Mas tenho sonhos: poder me aposentar e ter meu 13º salário.
... Mas sou evangélica: Jesus disse "amai-vos uns aos outros".
... Mas sou mãe: quero educar meus filhos com livros, não com armas.
... Mas sou mulher: não quero um presidente que acha que sou fruto de uma fraquejada.
... Mas tenho família: quero ter um emprego digno, com direitos que me protejam.
E tenho certeza: não me sinto bem com as atitudes do Bolsonaro.

...POR ISSO VOTO HADDAD 13

NÃO SOU PETISTA...

... Mas tenho sonhos: poder me aposentar e ter meu 13º salário.
... Mas sou evangélica: Jesus disse "amai-vos uns aos outros".
... Mas sou mãe: quero educar meus filhos com livros, não com armas.
... Mas sou mulher: não quero um presidente que acha que sou fruto de uma fraquejada.
... Mas tenho família: quero ter um emprego digno, com direitos que me protejam.
E tenho certeza: não me sinto bem com as atitudes do Bolsonaro.

...POR ISSO VOTO HADDAD 13

NÃO SOU PETISTA...

... Mas tenho sonhos: poder me aposentar e ter meu 13º salário.
... Mas sou evangélica: Jesus disse "amai-vos uns aos outros".
... Mas sou mãe: quero educar meus filhos com livros, não com armas.
... Mas sou mulher: não quero um presidente que acha que sou fruto de uma fraquejada.
... Mas tenho família: quero ter um emprego digno, com direitos que me protejam.
E tenho certeza: não me sinto bem com as atitudes do Bolsonaro.

...POR ISSO VOTO HADDAD 13

FOMINHA
A MORDIDA MAIS GOSTOSA DA CIDADE!
3268-3300

Não quero que o Brasil
vire uma Venezuela

Terapeuta Holístico Credenciado
Massoterapeuta
Massagem Relaxante - Corporal - Desportiva
Terapêutica - Shiatsu - Shantala
Drenagem Linfática - Energética - Facial
Capilar - Reiki - Cristaloterapia
Aromaterapia - Etc.
Mozart Rodrigues da Silva Jr
Terapeuta Holístico - CRT.39816
t_holistico@yahoo.com.br

Vote Hadadd
E ganhe as Bonecas do
KIT-GAY
Completo
SÃO PAULO
Barbie travesti
Para seus filhos entrar no mundo dos Travestis e das Drogas.
Barbie
Viciada em Drogas
Barbie Traficante
NADA É TÃO RUIM QUE NÃO POSSA SER PIORADO.
FORA HADADD !!!

PSIQUIATRIA
PAULISTA

FUNERÁRIA E VELÓRIO
NOSSA SENHORA DO CARMO
Plano de Assistência Familiar
CAMINHO DA PAZ
Conforto e tranqüilidade no momento em que você mais precisa.

É bonitinha a vereadora gaúcha
do PCdoB comunistinha
Mas não tem coragem de viver na
Coreia do Norte e ficar magrinha!

Nota: alguns dos cartões de visita usados nesse romemance foram criados pelo autor e outros, retirados da internet. Todos os memes foram largamente compartilhados nas redes sociais durante a tragédia eleitoral brasileira de 2018. São imagens, portanto, de uso público.

RICARDO LÍSIAS nasceu em 1975, em São Paulo. É autor, entre outros, dos romances *O céu dos suicidas*, vencedor do Prêmio APCA, e *Divórcio*. Em 2012 foi selecionado pela *Revista Granta* como um dos 20 melhores jovens escritores brasileiros.

Fake de verdade

RONALDO BRESSANE

Me perdoem a franqueza
não creio nem na Via Láctea
NICANOR PARRA

I.

A vida é aleatória e as pessoas acreditam no que querem, caros leitores deste fórum. Não é verdade que vocês acreditam em mim só porque querem, meus irmãos reais? Vai lá saber se eu existo mesmo? Brincadeira, é claro que vocês sabem que eu existo, já encontrei com alguns de vocês tantas vezes, na chamada vida real... Portanto, irmãos, sigam este experimento, que conduzi logo após as eleições, entediado que estava com a falta de trabalho.

Meu celular não para de vibrar.

Bom dia grupo! td bem? dsclp pelos fogos de ontem mas o MITO *merecia comemorasao con tiros kkkkkkk*

kkkkk segura essa [foto de cachorro labrador com óculos thug life fazendo sinal de arminha com as duas patas]

kkkkkk tadinho meu Sansao sofreu cos fogos malvados

o gato de casa n apareceu ate agora

gato cagao petista vai virar espetino

Mais um dia na vida do grupo de Whatsapp do condomínio. De repente tudo parece sem graça, sem sentido; as mensagens já não têm mais um objetivo... O que me salva o dia é seu Nicanor, do 1001, velhinho que nunca sai de casa.

Enquanto vocês comemoravam vi uma cena muito esquisita. Não vou falar agora pra não parecer um estraga-prazeres

eeeee seu Nicanor n faz suspence

pegou a Shirley co Rubinho na brinquedoteca

com o castissal ou a chave ingleza kkkk

nada disso, muito pior. Vou dizer quando reunir as evidências

[meme ORA ORA TEMOS UM XEROQUE HOLMES AQUI]

vou negando as aparencias, disfarsando as evidencias

kkkkk Olavo vc é foda

Só digo o seguinte: fiquem de olho em suas crianças. Boa noite

eita!!!

Seu Nicanor sempre tão misterioso. Quase nunca sai da cobertura e sabe tudo o que acontece no condomínio. Tipo Deus. Se a vida é aleatória e não faz o menor sentido, ainda assim existirá Deus? Esta pergunta atormenta o homem desde que a mulher deu ouvidos à serpente e fez o homem comer do fruto proibido. O bom homem real não dá asa à cobra, meus irmãos reais.

Falando em cobra com asa, mamãe em decúbito dorsal na nossa grande cama dá trabalho. Tenho que usar uma caixa de cotonete inteira! Mamãezinha querida rindo toda embosteada... Não é de cócega com a limpeza, é do vídeo com as pessoas brincando de esconder com os cachorrinhos. Uma pessoa levanta um lençol, pula pra porta do lado, o pobre cachorrinho fica procurando o dono, confuso. Mágica? Mamãe ri sem parar enquanto eu passo talco e fecho as fraldas. "Filho, quando você me deixar, me dá de presente um pug?"

Pra que abandonar mamãe? Aqui tenho tudo. Uma das minhas três telas se divide em nove quadradinhos: guarita do porteiro, estacionamento, salão de festas, portão, brinquedoteca, piscina, quadra e cada uma das duas laterais do condomínio. Só o síndico Olavo e, dizem, seu Nicanor, provável dono do prédio e morador mais idoso, acessam as câmeras. Puxo um quadradinho e jogo no editor de deepfakes. Trabalhinho delícia. Depois de me certificar 100% seguro, mergulho na darkweb. Vou visitar aquele site que vocês tanto gostam, irmãos reais.

Child's Play. Até onde uma mente perversa pode ir?

É uma pergunta sincera.

Faço todo dia.

Depois de algumas horas de trabalho, o ASMR enfiado no talo nos ouvidos, mato uma Big Coke inteira. Hora da pizzanheta... Vou pedir outra Coca, lógico.

Vibrações.

viram a cara de merda do seu saulo hj

porteiro petista tem mais que sifude

tava com brochinho do haddad domingo

[gif PRETO VELHO*] seu saulo maconheiro*

kkkk kd olavo q n demite

gente n eh pra tanto seu saulo pobre coitado

volta pro nordeste!!! kkkkk

Dia seguinte. Suando na fila do banco fantasio a onzinha que acompanha a idosa na minha frente. Certeza que é onzinha. Barely legal. Pena que não dá pra filmar. Quando vou poder instalar uma câmera direto no olho? Que bundinha, que peitinhos. Moreninha caldo de feijão, tesão. Ela sabe, ela sabe o poder. Safada. Tô derretendo, caros irmãos reais, se eu pudesse socava uma bronha aqui mesmo. Chega minha vez no caixa, a funcionária não reconhece a assinatura do Major no cheque. Me enfureço:

"O gerente dessa merda?"

Cola o segurança, pede calma.

"Só porque eu sou gordo? Macacos!"

Na porta giratória eu travo, ou me travam. Certeza que me travaram. "Bando de macaco, me tira daqui!" Derretendo, morrendo de falta de ar. "ESSE BANCO É GORDOFÓBICO!"

Vou ter que resolver esse assunto com o Major. A galera dele vai me ajudar, penso, enquanto saio do banco escoltado por um policial. Depois de horas de chá de cadeira, assino a merda que pedem no DP e vazo. Não perdem por esperar, irmãos reais.

Entro no McDonald's querendo sangue... Mas só tinha ketchup em sachê.

No condomínio. Mamãe caiu da big size de novo. Trabalheira... "Iti malia, um dois três já", a empurro no colchão. Deve estar com o dobro do meu peso. "Desculpa, filho, fui pegar o controle remoto e perdi o equilíbrio." Rimos demais: "Mamãezinha, como é que alguém que passa os dias deitado perde o equilíbrio?" Busco o *Canal Animal* e relaxo, massageando sua lombar, limpando suas escaras. "Agora preciso trabalhar, mamãe, licença", arrumando seu travesseiro. "Menino de ouro, Marceluxo. Só cuida pra não engordar que nem eu." Ah, mamãe. Nunca sei quando me elogia ou me destrata... Me ensinou tudo o que sei sobre ficção e realidade.

O senhor negro se abaixa, sorrindo, quase se ajoelha aos pés do menininho louro; sua gravata preta cai no chão. Puxa um dos cadarços lentamente por cima do outro, dá um nó, depois a borboleta; à medida em que amarra os pequenos AllStars, vai descrevendo suas ações, gentil e bondoso. A cabeça do velho está na altura da cintura do menino: ambos riem.

Poxa, vou ter de dar um novo uso a este brinquedinho prateado... O que não faço por uma ideia, meus irmãos? No fundo é tudo por vocês. Desço pela escada, onde não tem câmera. Já falei que fui garoto-prodígio? Participei durante três meses de um quiz show chamado *Sábado Sucesso*, programa dos anos

90. Procurem no YouTube. Eu era famoso! Quando faltava só uma pergunta pra eu ganhar um milhão... "Qual a cor do cavalo branco de Napoleão?", caí na pegadinha: "Branco!". Napoleão nunca teve um cavalo só, era a resposta. Chorei abraçado no apresentador... Nessa época é que mamãe começou a se afogar nos doces. Deixo a Glock no capacho em frente à porta do síndico, um bilhetinho enrolado dentro do cano:

MOSTRE AUTORIDADE. SEJA HOMEM.

Subo de volta, completamente suado. O esforço para provar uma ideia, irmãos.

Intercepto uma mensagem direta de seu Nicanor para seu Olavo:

Abra a porta.

O Major responde: não pode me ajudar no episódio do BO na delegacia, só depois da posse do partido. Tudo suspenso até janeiro. Talvez role uma vaga na secretaria de comunicação, gostaram do meu trabalho, me diz. "Pensamos em criar um perfil satírico como a Dilma Bolada, já pensou nisso?" Não sei se é a minha, prefiro agir nas sombras. Mas sugiro: "Tipo Capitão Colostomito?" Major se esborracha: "KKK GENIO". Major manda rasgar o cheque, vai enviar um portador com dinheiro vivo. Ligo o GTA. Peço uma pizza. Descasco uma bronha. Tédio. Whatsapp pirando.

viram o vd q seu nicanor mandou?
é doente
alguém já falou com ele?
filho da puta!
NOJENTO
eh o filho do Olavo mesmo no video?
meu deus
petista porco
chamaram a polícia?

policia o kralho vamo resolver isso internamente

FOSSE FILHO MEU MATAVA

n vai fazer nada Olavo?

Olavo, o síndico, não responde. É que ele está neste momento na guarita da portaria, conversando com seu Saulo. Conversando não: gritando e apontando o dedo na cara do porteiro. O senhor negro meneia pra lá e pra cá a cabeça nevada, olhão feito ovo frito, um espanto. De repente Olavo olha pra mim. Quer dizer, na verdade ele olha para a câmera na guarita. E manda Saulo desligar o circuito interno de vídeo. Sorte que a minha conexão no circuito é independente. Assisto tudo... Como é boa essa pizza de peperoni com bordinha de catupiry, meus irmãos. Se este fórum deixasse, faria até publicidade. Ligo o ASMR nos ouvidos e durmo delicioso em minha superconfortável cadeira de comando, sonhando com a onzinha caldo de feijão que vi na fila do banco. Ela sabe, ela sabe provocar... Safada.

Tão boa a pizza, esquento as fatias que sobraram pro café da manhã na cama com a mamãe. No noticiário da TV uma imagem conhecida. É a fachada do nosso prédio. "Crime na zona sul. Porteiro de condomínio alto padrão foi morto na noite de ontem. A polícia investiga um chamado de pizzaria na mesma noite. Uma pistola Glock com silenciador foi encontrada num terreno baldio próximo ao condomínio. As câmeras de segurança estavam desligadas no momento do homicídio. Condomínio acredita em tentativa de assalto. O porteiro Saulo Silva de Jesus, 70 anos, trabalhava há 29 anos no condomínio e se aposentaria em 2019. Viúvo, não deixa filhos."

q trajedia meu deus

melhor apagar esse vdeo que o seu nicanor mandou

kd seu nicanor?

ja apaguei

alguém já falou co olavo?
ta na delegacia
e a arma?
tudo se arranja
o faxineiro ja limpou o sangue do petista?
Seu Nicanor saiu do grupo. Seu Nicanor... euzinho, irmãos.

"Meu Deus, Marceluxo. Precisa tomar cuidado. Numa dessas, é assaltado indo buscar a pizza", mamãe comenta, roubando a borda recheada do meu prato.

"Quando chegar o próximo porteiro, mamãe, peço pra colocar a pizza direto no elevador. Assim ficamos mais seguros."

Poxa, gostava da Glock. Só que uma ideia é uma ideia é uma ideia, meus irmãos.

"Pobre do seu Saulo. Mas nunca gostei muito dele. Quando pegava o elevador deixava um cheiro fedido."

"Isso quando você conseguia entrar no elevador, né, mamãe?"

Mamãe me dá um beliscão e começamos uma batalha de cócegas. Na TV vai começar nosso programa favorito: *Bichos Fofos*.

Me encosto na parede do quarto e puxo um outro vídeo no celular.

O senhor negro se abaixa, sorrindo, quase se ajoelha aos pés do menininho louro; sua gravata preta cai no chão. Puxa um dos cadarços lentamente por cima do outro, dá um nó, depois a borboleta; à medida em que amarra os pequenos All-Stars, vai descrevendo suas ações. A cabeça de velho está na altura da cintura do menino.

O senhor negro estende o braço até o pinto do menino.

Baixa seu shorts e o masturba.

Então aproxima a boca do pinto.

A imagem é cortada.

"Mamãe, lembra de quando eu participei do *Sábado Sucesso*?"

"Você nunca participou desse programa, Marceluxo... não vem com invenção."

Quando chegar a grana do Major, vou dar um presente pra mamãe.

Um filhote de pug preto.

Mamãe merece tudo.

2.

A vida é aleatória e desprovida de sentido, caros leitores deste fórum. Exagero? Vejam os dias gloriosos do seu bom e real irmão... Estava eu, o grande Marcelo, levando remédios pra mamãe, quando numa viela do bairro bato o ombro no ombro de um cara. Dois passos adiante, mesmo por baixo do ASMR, que não tiro dos ouvidos, ouço uma ofensa à mamãe. Volto: "Como é?". O hipster tem barba densa, camisa xadrez, botas, olhos duros e bochechas vermelhas. "Não sabe andar, saco de cocô?" Chego nele, tento um "Você quem tropeçou", mas ele suspende os punhos: "Tira o fone!". Sem aviso, me soca no peito. Me desequilibro, caio no asfalto. De cima, ele solta: "Escória", e me escarra a cara. Levanto em choque. O grande Marcelo parecerá uma ameaça, irmãos?

"Você é o melhor filho do mundo", mãezinha geme, se virando de lado para que aplique a injeção. Preciso trocar sua fralda... Enquanto a limpo, ela me olha terna. "Está grande demais, Marcelo, já parece seu pai". Nunca sei se me critica ou me elogia. Subo o edredom e beijo seu nariz: "Vou trabalhar até tarde, sonhe com os anjinhos".

Meus bons irmãos reais, nosso quarto é nosso palácio, e nossas janelas são as telas do computador... A primeira é do GTA, a segunda do RedTube e a terceira do editor de imagem.

Paro o GTA pra programar as fases "Bandido Bom é Bandido Morto" e "Você Não Merece Ser Estuprada" do meu game *Bolsomito*; remendo o link "Conexão PT-Estado Islâmico: Haddad Traz Refugiados ou Terroristas?"; meto a cabeça de Manu D'Ávila no corpo de Sasha Grey com tattoos de Che, Lênin e Stálin e as frases "Impeachment no Haddad/ Comunista Presidente"; e o game *Capitão do Mato Matador de Quilombola*. A pizza de pepperoni chega e vai lindona no meu Insta... Zapeio as imagens pro Major, e no app editor do celular mesmo surge uma ideia tosca: "Brasileiro ou Árabe?", em cima de Haddad de túnica branca, comendo quibe. O Major responde "KKK GENIO". Pizzanheta, a alegria do dia... No RedTube uma popozuda entre três bons homens reais... Um deles lembra o hipster que me jogou na viela. O vídeo termina em triple facial cumshot... Me limpo no disco de papelão já pulando na dark web pra checar meu saldo em bitcoins. Nada ainda. E putz: no fórum Thor, o dealer avisa que minha nave Enterprise de Lego vai atrasar. Gif doido no fórum Pepe: Bolsonaro toma um arrocho do Cabo Daciolo, o capitão geme "Atira!", o cabo solta "Glória Deuxxx"... Gênio. Copio pro HD.

Desperto com mamãe chamando. No Whatsapp o Major: "Comprovante do depósito". Coitadinha, a febre aumentou. "Marceluxo, o que é esse roxo nas costas?" Sempre de olho. "Cuidado, filho, o mundo cada vez mais sem sentido. Viu no Datena as meninas seviciadas pelos craqueiros?" Faço um chá, deito pra ver vídeos de gatinhos e mamãe se acalma.

Ônibus lotado é treta: rolou de novo. Agora foi pior. Estava em pé, ligado no AMSR, quando capotei. Sonho gostoso com a loura do RedTube. E com o barbudo da viela... Mas acordo num grito: "Nojento!". Uma mina me estapeia. "Se esfregar na bunda da mãe, porco!" Outras minas levantam; vem um pontapé nas costas. "Polícia!" Na sorte, o ônibus breca, e voo. Ser um grande urso será insolente para essas vadias, meus bons irmãos reais? O SUS não tem os remédios da mamãe. Assim, torro a grana do Major na primeira farmácia.

De volta ao palácio, edito uma matéria da *Folha de S.Paulo*, "Adélio Admite: Facada Foi Armação", outra do *Globo*, "PSL Emprega Milicianos", outra pro *Extra*, "Travestis no Apartamento Funcional do Capitão", o gif animado com a transa entre o capitão e o cabo, o game *Pablo Vittar e Suas Bibas Contra Os Milicos do Mal* e a reportagem "Marielle Assassinada a Mando de Oficiais Ligados a Bolsonaro", pro meu jornal *Revolução Brasil* – onde faturo uma grana boa com ads de branqueamento dental, empreendedorismo e whey. Gasto horinhas em um vídeo deepfake de Bolsonaro num templo maçom falando em sequestro de conta corrente "só pra quem ganha até um salário", onde adiciono um logotipo do *Fantástico*. E zapeio tudo pro Doutor. "KKK GENIO", responde. Foi pra conta: deste lado, a grana é na hora. Todas as notícias são falsas, meus amigos reais, só o dinheiro e o sangue é que são de verdade... Daí o porteiro chama: "Chegou seu brinquedo, seu Marcelo".

Abro a embalagem do Lego: em vez da Enterprise, a Glock prateada com silenciador. Delícia. Um bilhete sai do cano brilhante: "Sorte amanhã, irmão!". Visto o moletom para dar um rolê nas vielas do bairro. Nunca me senti tão bem, tão leve e poderoso... Véspera de eleição, tudo vazio, a trilha ASMR me massageia os ouvidos... Bom compartilhar com vocês a maravilha de sentir a masculinidade plena... Na esquina, um rosto conhecido. Não posso voltar atrás. É o hipster da trombada. Baixo o capuz, ando de lado. Tick!, miro na nuca. Tick!, tick!, nas costas. Com o pé, empurro a cabeça pra ver se já está na paz do Senhor. Putz. Na camiseta dele, o aviso: *É Melhor Jair Se Acostumando*. A vida é aleatória, irmãos. Morrem os homens, os memes são imortais.

"Vai dormir no escritório de novo, Marceluxo?", mamãe diz, enquanto subo suas calças... "Hoje vou ficar aqui", digo, e me espalho ao seu lado na cama, sintonizando na TV uma seleção de vídeos de cachorros engraçados. "Aqui estamos seguros."

RONALDO BRESSANE é escritor, jornalista e professor de escrita criativa, autor do romance *Escalpo* (Reformatório, 2017), entre outros livros. A segunda parte desta ficção foi originalmente publicada no caderno "Ilustríssima", da *Folha de S.Paulo;* ambos os textos integram o inédito *Monólogos do Poliamor.*

Carta ao pai

SHEYLA SMANIOTO

O silêncio sempre foi nosso encontro mais doloroso.

Eu não podia reclamar, meu pai estava ali, não estava? Ao final do dia, cansado de tudo, sem ouvidos para mim. Aos finais de semana, perdido em afazeres, levando a própria vida adiante, churrasco, cerveja, claro. Você estava ali e eu não podia reclamar, não com tanta gente sem ter um pai por perto, presente, você estava presente, não estava? Mas estava em silêncio.

Eu queria muito mais do que isso, eu lembro de te pedir desesperadamente um conselho na volta da escola, você me levava e buscava todos os dias, foi o melhor colégio público que pudemos encontrar, quilômetros e mais quilômetros comigo destilando minhas angústias e você primeiro quieto e quieto e mais quieto, um silêncio tão fundo, você primeiro quieto e depois implorando que eu calasse a boca, você nervoso, você enterrado no meio de todas aquelas palavras.

O ouvido morto tomado por minhas formigas.

Eram tantas as minhas palavras e não eram suficientes para vencer o seu silêncio, não sem quebrar tudo em volta. Minha mãe também não teve palavras suficientes para isso. Eu achava que a minha mãe era cruel, no jeito que ela falava, um ultimato depois do outro, mas hoje em dia eu já entendi que alguns homens, homens como você, só falam quando estão na beira de um precipício. E algumas mulheres, mulheres como eu, só se sentem inteiras justamente ali, um segundo antes de caírem.

Já nos pedem silêncio demais, pai. Todos os dias.

Eu nunca soube ser sua filha, jogar bola, passear no mato. Eu sempre fui mais filha da minha mãe, das palavras da minha mãe, da cisma da minha mãe por romper o seu silêncio. Vocês brigaram e eu fui morar com você não sei muito bem o porquê, eu dizia que você precisava mais de mim, era esse o nome que eu dava para o medo – você, quando estava longe, estava inalcançável. Não respondia quando eu ligava. Eu tive medo de perder você para sempre.

No final das contas, foi você quem me fez escolher na beira de um precipício.

Minha mãe ficou e hoje em dia eu agradeço por tudo o que sou, mas por muito tempo eu sequer consegui olhar de frente o que eu deixei para trás achando que uma prova de amor como aquela – ir com você – fosse o suficiente para você também ir comigo, mas você ficou em algum lugar no meio do caminho. Você não me disse "não", por que você não me disse "não"? Por que você não assumiu que queria apenas começar uma vida nova, só isso?

Você não me falou que casou novo demais e queria uma vida nova, mas você agiu assim. E foi assim que eu fiquei sozinha. Doze anos e sozinha. Minha mãe deixada para trás e você me deixando todos os dias. Seu silêncio, seu cansaço, os finais de semana fora, as noites sabe Deus onde. Você me deixava com estranhos. Pior, estranhos que achavam que me conheciam. Pessoas que se sentiam no direito de tocar minha vida, quando não tinham, nunca tiveram. Você confiava neles, eu não. Eu sempre fui mais filha da minha mãe. Você mesmo me dizia.

Eu não sei o que eu era para você naquela época. Talvez a lembrança da minha mãe, talvez uma impossibilidade, um pequeno trauma de carne e osso e pele branca. Eu via você tentando agradar e tinha dó. Tinha dó porque eu queria muito mais do que aquilo, todos os dias carne com legumes ou peito cozido, eu tinha dó de dizer que não eram minhas comidas preferidas, não do jeito que você fazia, eu tinha dó de dizer o que eu queria, acho que eu comecei ali a aprender a ficar em silêncio, com você, pai.

Nós devíamos ter combinado de nos encontrarmos no meio do caminho, mas não.

O silêncio é uma tentativa de não quebrar as coisas, hoje eu sei. Você não fugiu, pai. Você não abusou de mim. Mas você fez silêncio quando abusaram. Você saiu do quarto e deixou uma tia falando comigo, uma tia dessas que eu nem devia lembrar o nome mas que estava ali, eu ainda sem saber o que fazer com o meu corpo e ela dizendo que minha mãe devia ser puta, só isso explicava. E eu queria acreditar, queria acreditar porque se minha mãe fosse imperfeita eu também poderia ser, eu poderia gritar e me rebelar, se minha mãe fosse imperfeita eu também poderia ser e era tudo o que eu queria, poder gritar, poder esgoelar, mas eu fiquei em silêncio também.

Mundos acabam e começam quando a gente fala, pai, é por isso que você mal falava?

Todas as vezes em que eu estive tão quebrada que não consegui esconder um problema, "pai, tive uma crise psiquiátrica", "pai...", você não me enxergou, você me disse: "assim você vai me deixar nervoso", "pai, boa parte do dia eu não tenho certeza de que estou viva, meu corpo treme, mais sozinho do que eu, pai, então eu não vou conseguir cuidar de você agora, eu não vou conseguir cuidar do seu nervoso", eu vou ficar quietinha, pai, fingindo que nada aconteceu e depois vou gritar com o copo que caiu e derramou tudo, eu vou gritar como a minha mãe gritava. Como se tudo já não estivesse sempre derramado.

É por isso que você não me respondia? Por que falar não adianta nada diante do começo e do fim do mundo, diante dos pais e dos filhos que se repetem, mas não se repetem tanto assim? Talvez você pensasse que não era justo. Ela fala tanto e eu não posso falar nada, pois ela é só uma criança. Vai ver você tinha medo de falar os seus problemas e quebrar os objetos da sala e nos levar para a beira de um precipício, como minha mãe tão bem fazia, "pai, a ditadura está voltando", eu gritei, lembra?

Eu gritei porque eu ainda não sabia o que era ter medo do que vive dentro das palavras de alguém que você ama, mas não alcança. Eu gritei porque às vezes eu esqueço, toda a vida eu me esqueci de tentar ouvir o barulho que uma palavra faz quando cai no fundo do seu silêncio. Mas primeiro você disse: "filha, você só precisa tomar cuidado com o que fala. Esses homens são sensíveis, filha. Por isso a gente tem que aprender a ficar quieto. A gente que não tem parente no governo. A gente que é confundido na rua".

Você nasceu gritando, pai. Às vezes eu esqueço.

Eu fui confundida num quarto, não na rua, mesmo assim somos irmãos de silêncio? As palavras muitas vezes quebram a decoração de um quarto, as palavras abrem os problemas e nos fazem olhar para eles, eu falava demais, ainda mais, eu também aprendi a gritar, pai, uma mulher quando não fala está morta, eu aprendi a gritar para continuar viva, será por isso que hoje em dia eu escrevo? Será esse o meu desespero? Falar e ficar em silêncio ao mesmo tempo? Continuar você e continuar também minha mãe?

Em outubro eu entendi que o seu mundo também está prestes a acabar, a explodir, tudo está sempre a um passo de não mais existir quando você é pobre e ainda por cima não é branco, pai – e se foi o inverso, e se eu aprendi a gritar com o seu silêncio? Eu achava que você estava cultivando sua indiferença, pai, mas você estava equilibrando uma torre de copos de vidro. Você estava segurando cada palavra com todas as suas forças, como aprendeu a fazer, talvez achando que assim eu não perceberia as rachaduras no nosso navio. Você estava mais sozinho do que eu, pai.

Eu pelo menos tinha minhas palavras.

Sheyla Smanioto nasceu em Diadema (SP). Em 2017, foi apontada pela revista *Forbes* como uma das pessoas com menos de 30 anos que fazem a diferença no Brasil. Autora de *Desesterro* (2015), que ganhou o Prêmio SESC de Literatura, o Prêmio Machado de Assis da Biblioteca Nacional e o Prêmio Jabuti. Participou de eventos dentro e fora do Brasil, como o *Printemps Littéraire Brésilien* e o Salão do Livro de Paris. Teve apoio do Rumos Itaú Cultural para escrever seu segundo romance, *Meu corpo ainda quente* (a ser publicado).

Escamas coloridas no fundo do rio

STEFANNI MARION

Cientistas não encontram cura para a Síndrome do Homem Lobo, críticas ao governo foram manifestadas por escritora estreante em prêmio literário, a democracia do Novo Mundo é ameaçada com a eleição de um neonazista, Narrador se sente um Betta fora d´água ao olhar uma página em branco, no país que mais extermina por homofobia frases como "Parem de nos matar" estampam as redes sociais, peixes migram clandestinamente da água doce para desovar na salgada, Quimera é vista nadando livremente em área turística e, em vilarejo litorâneo, prefeito autoritário irá matar seu namorado antes de apertar as mãos de eleitores na porta da escola de seus filhos.

Do outro lado do rio a casa está fechada e assiste ao vento noroeste repousado nas poltronas. O ano é 2018.

Neon aguarda sentado na raiz do tronco tortuoso de um Jambolão. Os frutos maduros alimentam os peixes do rio de águas douradas. Sua velha canoa adormece amarrada na haste que sustenta o varal no quintal. O prefeito está atrasado. Tudo sempre acontece no tempo e jeito dele. Talvez esteja em almoço com alcateia de milicianos. Talvez esteja no trânsito da cidade após deixar seus filhos na escola.

As capivaras ressabiadas pastam no gramado desverdecido. O rio borbulha sonoros prenúncios que não se identificam na narrativa. Distraído, Neon olha o relógio à prova d'água. Os ponteiros nadam na represa esférica do tempo. Ele recolhe e come os frutos que estão caídos no chão. Seus dedos ficam arroxeados. Limpa os mata-piolho-fura-bolo-pai-de-todos-seu-vizinho e mínimos no solo arenoso. Anota, em seu caderninho de manifestos, frases para um poema. Guarda-o em uma caixa metálica que enrosca na raiz do Jambolão. O prefeito está atrasado.

A casa, cuja chave o prefeito esconde em lugares aleatórios, se mantém trancada em seus silêncios.

O som do motor de um barco é prenúncio de chegada. Neon se acalora – sentimento furtivo que nunca mudou nos últimos dois anos. O prefeito, sentado em seu barco, se aproxima. Desliga o motor. Aguarda serenar as hélices da rabeta. Rema até a margem. Enrola a corda puída entre os braços malhados e amarra o veículo na lasca de pau-brasil fincada na beira do rio. Eles se olham.

A casa calada assiste a Neon se levantar. Ele limpa a areia em sua bermuda floral e caminha até o seu esperado. Beijo caloroso com gosto de jambolões. O prefeito move suas mãos até os olhos do amante num movimento de quem quer que o outro, retido em silêncio, aguarde uma boa surpresa. Neon fecha os olhos e sorri sem abrir os lábios.

As capivaras se assustam e mergulham estrondosas nas águas douradas do rio. Os pássaros saem da moita e voam assustados do meio do manguezal. O corpo de Neon cai na beira do rio.

A casa grita sem ser ouvida. O vento se acelera. Sem contar o tempo, ou se demorar muito em sentimentalidades, o prefeito vai até seu barco e pega um manto de retalhos com pedras costuradas. Nele, e nada além dele, envolve o corpo de Neon. Arrasta o namorado até a canoa de madeira, coloca-o dentro dela, e a desamarra da haste do varal. Conduz a embarcação até o meio do rio. Impele, sem poesia, o corpo de Neon nas águas douradas. Bolhas de água explodem espumosas. O corpo afunda. O prefeito sai da embarcação virando-a ao contrário. Bolhas de água explodem espumosas. O corpo afunda.

O prefeito conduz coreográfico braçadas até a beira do rio. Fica desnudo e esfrega suas roupas sangrentas à margem da vida. Os peixes se ofendem com o gosto que não é dos frutos arroxeados. Ele torce suas roupas e coloca-as em uma bacia de alumínio que estava ali por perto. Senta-se em posição canina e olha para o rio. O som da água corrente invade seus ouvidos. O tempo passa vagarosamente. Levanta-se e caminha até o quintal. Pendura e prende calmamente suas roupas no varal. Abandona a bacia. Enfia a mão em vaso de planta desconhecida e desenterra a chave da casa. Abre a porta e as janelas. A casa se agita. Os ventos levantam-se assustados das poltronas. Ele liga o silenciado radinho de pilhas que está em cima da geladeira a gás. Equaliza uma rádio de canções ribeirinhas. Prepara um café. Joga uma lasca de pau de resposta no fundo da xícara. Despeja o líquido cor de desgosto. Na mão direita, segura com propriedade o recipiente pela alça. Toma um gole de café. As paredes se olham complacentes. O prefeito sai da casa.

Ele invade em silêncio o quintal. Senta-se em uma banqueta suja de terra arenosa. Acomoda no chão a xícara. O espetáculo já havia começado. As roupas alvejadas por águas douradas dançam inquietas estendidas no varal. O céu está azul. A banqueta range sua timidez. As nuvens pulsantes se enrodilham macias no vento apressado. O sol quara insidioso tudo ao redor. Ele olha para a bacia vazia ao seu lado. Cruza os braços por puro contato afetivo. Da casa ouve-se baixinho a canção que vem do radinho de pilha. O Azulão canta um xote arretado. Os aforismos do prefeito vagueiam a cena mimeografando-a com os olhos. O sol se põe. O café esquecido esfria na xícara. O vendaval se aquieta. A dança se finda. Ele aplaude por dentro. O vento secou as roupas e revirou tudo a sua volta. Só não secou sua memória e o último sorriso de Neon. Ele se veste. A Magnum que largou na beira do rio está frígida. Dentro dela restam duas ou três balas, mas ele precisa fazer o caminho de volta e buscar seus filhos na escola.

O prefeito não viu a caixa de metal com o caderninho de Neon enroscado na raiz do Jambolão. O Narrador fora d´água irá encontrá-la dia desses. A casa não falará muito, o rio não falará muito, as capivaras estarão ocupadas com o tempo do cio de suas manadas, todavia o Narrador terá em mãos retalhos de uma história para contar.

No fundo do rio, Neon movimenta suas escamas coloridas.

STEFANNI MARION nasceu no vilarejo de pescadores Barra do Una (SP) em 1981. Publicou os livros *Temporário* (Patuá, 2012), *Inventário* (Patuá, 2014) e é antologista de projetos literários, dentre eles GOLPE: *antologia-manifesto* (Nosotros, 2017). Atualmente mora em uma mala antiga e vivencia imersão pelo Nordeste brasileiro para explorar barragens, colher histórias e escrever novo livro.

Britadeira

SUSANA FUENTES

Neste instante tudo o que ela precisava era chegar em casa, abrir a janela e com uma xícara de café nas mãos ver o final do dia contra a pedra na montanha. Chegar em casa. Um pé atravessa a porta e depois o outro, mas algo acontece que a faz sentir como se estivesse do lado de fora, ao relento. Ao lado do menino que não completa o caminho até a escola. Do museu que não é abrigo, da menina que não tem para onde ir. Ela toma um banho, seca os cabelos, prepara o café, mas o nó na garganta é coisa difícil de sair de sua língua.

Abre a janela equilibrando a xícara e vê o início da construção na pedra em frente. Mal sorve o café, a britadeira invade a sala junto com os acontecimentos do dia. Engole a poeira e as notícias. A faixa retirada. Os poemas arrancados nas árvores com os versos. A palavra sem casa, sem pouso. Arrancada do livro, e desta página abarrotada de silêncios. Estão cegos. E tudo que antes parecia impossível acontecia bem diante dos seus olhos. Os ouvidos não aguentam mais. Apenas o som da obra na pedra, na montanha, rouba por alguns segundos o foco de sua indignação.

O ronco do motor invade a sua vida. E as novas de cada dia. A vida de todos uma só. Dava uma coceira na língua, o nó na garganta continuava ali. Sem respostas, podia apenas aproveitar o instante sem chão, o aroma no ar. Olhava para a fumaça do café e para o gato no alto da geladeira. O bichano tentava alcançar sua cabeça e puxar-lhe alguns fios de cabelo.

– Ah é, Boris, daqui a pouco não vamos poder dizer mais nada. – Nisso ela se encostou na janela, vendo passar os carros. Estava com o pensamento longe, olhando a vida sem placas na esquina, sem faixas no campus, sem poema nas árvores, nas ruas. Aqueles ali não suportam frestas. É um tal de correr e aparar arestas. Mas a palavra escapa, fura, vaza, goteja, e quem irá dormir. Haja balde, bacia, continente para tanta letra pingo gota.

Em casa, o alarido, mesmo com as janelas fechadas. A britadeira assume o espaço. Do poema expulso. Do bloco de papel. Da música, do bloco de carnaval. Essa máquina usada para britar pedras, blocos de concreto, asfalto, arranca a palavra dos muros, a tinta fresca, a casca da parede, atira o verso aos tubarões. Mas atenção. O pingo na parede continua firme. E a máquina ainda não sabe, alimentar os peixes com o poema pode dar em maremoto.

SUSANA FUENTES é autora dos livros *Luzia* (7Letras, 2011), finalista do Prêmio São Paulo de Literatura, *Escola de gigantes* (7Letras, 2005) e *Anotações de Berlim* (Megamíni, 2016), e da peça teatral *Prelúdios: em quatro caixas de lembranças e uma canção de amor desfeito*, selecionada para o The New York International Fringe Festival em 2012. É doutora em Literatura Comparada pela UERJ.

Meu sobrinho de 13 anos

TIAGO GERMANO

Domingo, noite de 28 de outubro de 2018. Com 94,4% das urnas apuradas, Jair Bolsonaro já não pode mais ser ultrapassado por Fernando Haddad e é anunciado oficialmente como o novo presidente do Brasil. A notícia circula pela Internet, via WhatsApp. Num vídeo de um minuto e 11 segundos, um comboio militar desfila pelas ruas de Niterói, comemorando a vitória do capitão reformado do Exército. Recebo as imagens pelo celular, seguidas de uma mensagem curta, em caixa alta. ESTÁS COM MEDO PETISTA SAFAD@?? ESSA É A NOVA ERA!!! Bloqueio o contato. Antes, porém, clico na imagem que ilustra o perfil do número desconhecido. A imagem ocupa boa parte da tela do smartphone. Na foto, meu sobrinho de 13 anos sorri para a câmera, batendo continência.

* * *

A foto só não é tão famosa quanto os 26,6 segundos de vídeo em que o crânio de John F. Kennedy, 35º presidente dos Estados Unidos, explode em pedaços diante de dezenas de pessoas, sendo recolhido na traseira de uma limusine por sua esposa, Jacqueline. Na imagem, registrada três dias depois do assassinato, John Kennedy Jr. acompanha o cortejo fúnebre do pai naquele que é por coincidência o dia do seu terceiro aniversário. Jacqueline aparece na parte superior do quadro, o rosto coberto por um longo véu, amparada pelos cunhados

Ted e Bobby Kennedy. O pequeno John-John traja a mesma roupa da irmã, Caroline, uma batinha azul de lã e os sapatinhos vermelhos que, nas versões coloridas da imagem, dão às duas crianças um ar de Dorothy em *O Mágico de Oz*. Caroline parece ter nas mãos um livro ou um panfleto da cerimônia. A maneira distraída com que folheia contrasta com a imobilidade dos três adultos, estátuas de mármore esculpidas pelo luto. Contrasta com a própria espontaneidade do irmão, que leva a mão direita à testa como o meu sobrinho e, num gesto solenemente precoce, marca o seu testemunho ingênuo da História: uma criança de três anos batendo continência para o cadáver de um chefe de Estado.

* * *

Até bem pouco tempo, meu sobrinho era apenas uma criança recém-alfabetizada que colecionava livros feitos para meninos de sua idade. Orgulhosa, sua mãe gostava de se gabar nos jantares em família de que a velocidade com que lia os volumes do *Diário de um Banana* já não correspondia à frequência dos títulos nas prateleiras. Eu o visitava quase todos os fins de semana. Gostava de presenteá-lo com histórias em quadrinhos, revistas de heróis que eram ainda os mesmos da minha infância. Havia naquele ritual a compensação alheia por um trauma particular. Meu pai nunca nos deixava ler histórias em quadrinhos. Dizia que ensinavam manias feias às crianças, como não tomar banho ou "falar *elado*". Naquela semana, a revista *Recreio* tinha a capa do último filme do Harry Potter e vinha encartada junto com os almanaques do Cascão e do Cebolinha. Achei aquilo de uma coincidência simbólica. Meu sobrinho abriu o pacote com a mesma euforia de todos os fins de semana, uma expressão de felicidade que, aos poucos, foi dando lugar a uma sombra de tristeza. Ele passou a rasgar também o conteúdo do pacote, num ímpeto muito semelhante ao do meu pai diante das revistas da Turma da Mônica. Me perguntei se alguém teria sido capaz de transferir aquele tipo de trauma também para o garoto. Perguntei o que havia de errado com o meu presente. "Harry Potter é coisa do demônio", ele gritou. "Mas eu posso ficar com as outras revistas, não posso, mamãe?"

* * *

Dez dias depois da famosa imagem, John-John reaparece de bochechas rosadas, sacudindo as maracas que acabara de ganhar de presente pelo seu aniversário, comemorado em um funeral. Ainda vestida de preto, Jackie está de novo logo atrás dele, conversando com um oficial de alta patente da Marinha americana. A festa foi uma promessa feita ao filho muito antes da morte do pai. As fotos são registros informais do último evento social que contou com a presença da viúva e de seus dois filhos na Casa Branca. John-John aparece em outro momento trajando um uniforme, repetindo o gesto feito no funeral, agora nos braços de um militar. A foto, porém, não parece ter o mesmo apelo da outra, que àquela altura já havia sido reproduzida à exaustão e se tornado o símbolo de uma América em luto. Foi a obra-prima de Dan Farrell, até então um simples fotógrafo do jornal *Daily News*, de Nova York. Em 50 anos de carreira, Farrell fotografou a chegada dos Beatles para a sua primeira turnê nos Estados Unidos, o passeio do cantor Bing Crosby pelo metrô nova-iorquino, o famoso salto do futuro presidente Jimmy Carter numa cerca do Aeroporto LaGuardia. Até morrer de pneumonia aos 84 anos, em 2015, o fotógrafo repetia que a imagem de John-John batendo continência no enterro do pai era, como a mim me pareceu a foto do meu sobrinho naquela noite de 2018, a coisa mais triste que já tinha visto em toda sua vida.

* * *

Ele tem um metro e oitenta e dois de altura e calça sapatos número 43. Até 2016, quando as fotos em que aparece na ponta dos pés tentando ficar mais alto do que eu começam a rarear, é ele quem me empresta suas sandálias para que eu tenha o que calçar se decidimos, por exemplo, ir à praia ou pular na piscina. Ele é pivô de seu time de basquete e sonha em ser jogador profissional. Foi convocado para a seleção estadual tão logo começou a se destacar nos primeiros jogos escolares e encher a parede do quarto de troféus e medalhas. Abandona a seleção porque os treinos são aos domingos e domingos são os dias da escola dominical. Num domingo, depois da escola dominical e do culto na igreja, meu sobrinho envia para mim um vídeo em que tropas do Exército desfilam por Niterói comemorando a vitória de Jair Bolsonaro. Não muito longe dali, na Barra da Tijuca, uma faixa escrita à mão se destaca entre duas bandeiras do Brasil, na frente do condomínio onde mora o novo presidente. "USTRA VIVE!!!", diz a faixa, ecoando a homenagem feita ao torturador pelo hoje presidente eleito, em plenário, no dia da votação do *impeachment* de Dilma Rousseff. A foto de meu sobrinho de 13 anos batendo continência ilustra agora todas as suas redes sociais. Há comentários de gente muito mais velha do que ele. Frases curtas, algumas de efeito, misturam-se a emojis da bandeira do Brasil.

* * *

Diferente de seu pai e de seus três tios, John Kennedy Jr. não serviu às Forças Armadas de seu país. Passou parte da infância numa ilha grega de propriedade do seu padrasto, o multimilionário Aristóteles Onassis. Formou-se em Direito pela Brown University, depois de uma educação familiar sólida e passagens por várias das melhores instituições privadas da Costa Leste.

Aos 38 anos, John-John era lindo, rico e famoso como foram todos os homens e mulheres de sua família. Ela havia fundado uma revista polêmica, atuara em algumas peças de teatro, jantara com a Xuxa, namorara a modelo Cindy Crawford e a atriz Daryl Hannah antes de se casar secretamente com Carolyn Bessette, até então uma anônima na famigerada indústria da moda. A obsessão pelas figuras militares da infância talvez o tenha levado a querer se tornar um piloto civil de aviões. Ele fingia que pilotava um modelo de brinquedo quando recebeu a notícia da morte do pai. Estava pilotando um de verdade quando morreu junto com a esposa e a cunhada, voando rumo ao casamento de uma prima. O corpo de John Kennedy Jr. se perdeu no oceano sem que ele deixasse herdeiros, nem de sua fortuna nem do legado maldito de sua família. "Mostre-me um herói e eu escreverei uma tragédia", dizia F. Scott Fitzgerald. Nenhuma família jamais produziu tantas tragédias e tantos heróis quanto os Kennedy.

* * *

Meu sobrinho foi o último membro da minha família a conhecer o meu avô ainda com vida. Em 1944, meu avô era analfabeto, não tinha documentos e mentiu sua idade para se alistar na Força Expedicionária Brasileira. Embarcou para a Itália e perdeu-se de sua divisão depois da batalha de Monte Castelo. Ninguém sabe ao certo o que aconteceu, mas seu nome veio na listagem dos oficiais mortos em combate. Cruzou o Atlântico de volta como clandestino num navio. Sem saber como se reintegrar ao Exército, forçou sua própria prisão invadindo um desfile das tropas vitoriosas no Rio de Janeiro. Ninguém além do velho cachorro o reconheceu quando voltou para casa tempos depois, convertido no pior fantasma de sua própria existência. Fez a vida no comércio que manteve na pequena cidade em que nasceu e nunca se preocupou ou nunca quis dar entrada em sua aposentadoria pelo Exército. Seu patriotismo aflorava todo Sete de Setembro, quando vestia o uniforme da FEB, pendurava a medalha que guardava num cofre do lado da cama, e voltava a invadir o desfile, acompanhando as marchinhas da banda marcial. Havia quem o considerasse um louco e ainda assim o respeitasse. Todos os seus sete filhos foram dispensados do Serviço Militar Obrigatório antes de se formarem em universidades públicas. Todos os seus 11 netos voltaram à pequena cidade onde ele morava para jurar a bandeira e obter o certificado de reservista. Ninguém nunca se sentiu digno de repetir o gesto que o meu avô fez diante da câmera, na foto que deixou para a família antes de embarcar para a Itália disposto a dar sua vida pelo seu país.

* * *

A foto tirada por Dan Farrell concorreu ao Prêmio Pulitzer em 1964. Perdeu. A foto vencedora havia sido feita três dias antes, naquela que foi uma semana atípica, pode-se dizer que sem precedentes, na história do fotojornalismo americano. Na imagem premiada, Lee Harvey Oswald parece ter levado um cutucão. O corpo está se contorcendo num malabarismo espasmódico, a face obedecendo a um padrão de deformação que podia perfeitamente ser causado pela surpresa ou pela dor. Não é possível dizer se Jack Ruby já puxou o gatilho. Ele empunha a arma enquanto Jim Leavelle, um dos dois agentes da lei designados a escoltar o homem que havia explodido o crânio de JFK, olha fixamente para as mãos do atirador com uma expressão de inevitabilidade catastrófica. Obviamente, aquela não é a única foto daquele dia, como também o registro de Dan Farrell não é o único em que John-John aparece, fazendo a pose de sentido diante do caixão do pai. Pelo menos duas outras versões da imagem, de outros dois fotógrafos diferentes, tiveram o êxito de capturar aquele raro momento e hoje figuram entre as mais acessadas no banco de imagens do Google. Isso sem contar as controvérsias que envolvem algumas dessas fotos, reivindicadas por mais de um fotógrafo. Um desses profissionais, Stan Stearns, contou tantas histórias a respeito da sua que chegou a cair em descrédito mesmo entre os amigos mais próximos. Antes de morrer de câncer de pulmão, aos 76 anos, em 2012, declarou que sua fotografia era a metonímia de toda a tragédia que vitimou a sociedade americana naquela semana. Stearns assim resumiu o que fez: depois que apontou sua câmera para Jacqueline Kennedy, viu a viúva sussurrar algo no ouvido do filho e depois se recompor, voltando à sua marca como uma atriz que sai do personagem para depois retornar ao coro grego. "A mão dele (John-John) levantou. Click! – disparei. Foi assim. Essa foi a foto".

* * *

Foi uma gravidez de risco. Acima dos 40 anos, minha irmã teria que manter alguns cuidados desnecessários se a gestação tivesse ocorrido, por exemplo, ao longo dos 20 anos em que ela e o marido tentaram de tudo para conceber uma criança. A verdade é que já haviam desistido. A verdade é que aquilo tinha sido considerado um milagre, e não apenas pelo pastor da igreja. Os colegas do hospital recomendavam reclusão nos primeiros meses. Até sair de licença, ninguém a acusaria se ela aparecesse ali apenas para bater o ponto. Ou nem aparecesse. Ela se trancou no quarto e não me lembro de ter saído de lá até que o bebê desse os primeiros passos. A babá passara a dormir na casa também aos fins de semana. Isso não mudou em 2013, quando a chamada "PEC das Domésticas" foi aprovada apesar do voto contrário de muitos parlamentares, entre eles o então deputado Jair Bolsonaro. No Facebook da babá, há uma foto dela abraçada ao meu sobrinho de 13 anos em uma das manifestações em apoio ao próximo presidente. Na legenda, ela se orgulha de dizer que é a segunda mãe do menino.

* * *

Segundo Clint Hill, funcionário aposentado do Serviço Secreto Americano, foi o próprio Kennedy quem ensinou John-John a fazer a saudação militar, gesto que pai e filho vinham ensaiando por meses a fio. Ao contrário da esposa Jacqueline, o presidente adorava submeter o filho aos holofotes. Sabia que John-John era o primeiro bebê nascido na Casa Branca desde muito tempo, e se aproveitava de sua imagem em diversas ocasiões. A única diferença notável naquele dia foi que, depois que Jackie sussurrou ao ouvido do filho "Cumprimente o seu pai", o canhoto John-John finalmente acertou o cumprimento e fez o gesto com a mão direita. Há, porém, quem até isso conteste. John-John só estava colocando a mão acima dos olhos, tentando se proteger do sol forte daquele início de tarde.

* * *

A única foto que decidi guardar do meu sobrinho é aquela em que ele sorri para a câmera, apontando o dedo para a boca, provavelmente a mando da mãe, mostrando o seu primeiro dente de leite.

Tiago Germano é autor do romance *A mulher faminta* (Moinhos, 2018) e da coletânea *Demônios domésticos* (Le Chien, 2017), finalista do Prêmio Jabuti. Possui contos publicados nas coletâneas *Onisciente contemporâneo* (Bestiário, 2016), *Translações singulares* (Bestiário, 2017) e *Não culpe o narrador* (Bestiário, 2018). Nasceu em Picuí (PB) e reside em Porto Alegre, onde conclui doutorado em escrita criativa pela PUC-RS.

Ponto de mira

VILMA ARÊAS

Quando é verdadeira, a proposição mostra
como são as coisas.
WITTGENSTEIN

I.

Nos domingos de sol um homem e uma mulher caminham pela cidade. Usam camisetas e bonés, tênis forrados de palmilhas e amortecedores. Vasculham calçadas, becos e praças. Sobem e descem escadarias. Acreditam que o exercício faça bem ao coração e à coluna vertebral.

Nesse trajeto é comum toparem com tipos de outra raça, fáceis de catalogar. São pobres, mais pretos do que brancos, sujos, alguns adultos, ou ainda filhotes.

Mal os avista, a mulher franze a testa, o homem faz uma careta. É voz geral que podem ser perigosos, não querem nada da vida. E quando querem, erram tudo, apostando nos conflitos. O mundo fica insuportável, principalmente para quem acha que não tem nada a ver com isso.

– Não tenho nada com isso, estou fora – ele diz.

– Eu também – ela responde.

É difícil entender o projeto de vida deles. Não trabalham, vivem agachados nos bancos da Praça da Sé. Ou nos canteiros do Anhangabaú. Ou dormindo ao relento, na preguiça. Porque no fundo, no fundo, essa gente não gosta de trabalhar. É ou não é?

– É.

Eles também podem jogar baralho em cima dos bancos. Vendendo bugigangas por aí. Cheirando cola. Fumando *crack*. Os filhotes azucrinam os que passeiam.

– Deus te abençoe. Me dá um trocado aí, me paga uma média, tô com fome, tô com fome.

Sempre a mesma ladainha. É melhor olhar pro outro lado, fingir que não vê, que jamais viu. Afinal já proclamaram há séculos: "Você é invisível, camarada".

– Acho que o desejo deles é correr pro boteco. Ou pro *crack*. Ou pro sapateiro.

– Sapateiro?

– É. É lá que arranjam cola.

– Isso era antigamente. Hoje só assaltam.

De repente ela esbraveja, debruçada sobre o que, de longe, parece uma trouxa atirada numa esquina.

– Menino, não cheira cola! Faça o favor de parar de cheirar cola. *Crack* nem pensar, liquida qualquer um. Você não pensa no futuro?

O homem fica enervado com o exagero e a vozinha aguda.

– Por que você não leva ele pra casa e acaba de criar? Dá comida, bota na escola?

Inesperadamente, depois de uma pausa, murmura com ar sonhador:

– Mas já disseram que não há paixão como a droga. E sem paixão não se pode nem chupar um picolé.

– Ora, que negócio e esse? – Ela está mal-humorada – Que romantismo dissolvente.

Enquanto isso saltitam para evitar o mijo derramado no chão, de olho nas lixeiras. Muito desagradável tropeçar nelas, entornar toda aquela sujeira.

Decidem que precisam de um tempinho para descansar os pés. Tomam o caminho do bar da esquina, pedem um chope e um prato de batatinhas.

Ele toma o primeiro gole e fecha os olhos, de cara para o sol.

– "Sol que o vitral/ da igreja/ transforma em luar..."

– Que bobagem, que bobagem, não sei como você adora esse poeta...

Um silvo agudo cortou a voz.

– Olhaí, olhaí, de onde surgiu essa molecada?

Explodiu no ar como se fosse uma granada, um furacão, um ataque barulhento de gafanhotos, nuvem de abelhas enlouquecidas.

Ele e ela olham em torno procurando a favela mais próxima. Só podiam ter saído de lá.

– Onde está, onde está?

Mesmo que existisse, o fato é que estava invisível, diluída no céu.

– E a polícia, a polícia onde está?

– Socorro! – ela berrou.

Ninguém ouviu. Aqueles filhotes baixaram como insetos saltadores, famintos e sedentos, entornando o chope gelado goela abaixo, devorando as batatinhas quentes, num piscar de olhos.

– Socorro – ele berrou.

– Menino, você não tem idade pra tomar chope. E estas batatinhas não são suas. A-ten-ção-a-ten-çao-não-são-su-as. Não, não.

Em segundos os filhotes somem deixando a mesinha limpa. Limpinha. Impecável, como se tivessem lambido o tampo sem toalha. Mas como? A falta de alimentos, dizem, não continua a ter uma causa desconhecida? E eles? Terão asas?

Para aliviar a tensão, ela trila um poema.

– "Minha cidade, amada minha, eras uma donzela sem peitos."

– Não gosto, não gosto – ele gorjeia –, esse era um tolo, prefiro o outro, o que diz que chora e vai cantando. Depois desaparece no fogo que purifica.

O casal tenta se recuperar do ataque.

Passam muitos cachorrinhos e cachorrões que cagam e mijam na calçada, presos por coleiras nas mãos dos donos, que se agacham e catam o cocô de seus rebentos.

– Isso tem cabimento? – ele vocifera – Os pobres são diferentes, mas igualmente atrozes.

– Vamos mudar de assunto, por favor. Afinal hoje é domingo.

Para descontrair, ela lembra que viu no *Paseo del Prado* um cara muito louro, não parecia espanhol, levando num fio de seda um porquinho minúsculo. O bicho parecia saltitar de saltos altos pela calçada. Muita gente parava e fotografava. Era uma verdadeira cena.

– Que coisa! – ele exclama.

E pondera que talvez façam com os porcos o que faziam antigamente com as crianças para a fabricação de anões.

– Se é que esses porquinhos estão mesmo na moda como bichos de estimação. Porque as crianças, uma vez prontas, eram vendidas nos mercados gregos e romanos, até muito mais tarde.

– Não me diga – ela exclama horrorizada.

– Digo.

E dá um risinho.

– Daí a moda se espalhou.

Era bem simples e inteligente: trancavam as crianças em baús especiais de madeira que impediam o crescimento. Nenhum problema. Funcionavam. É o mesmo que faziam com os pés das orientais.

– Mas que horror, pra que isso? – ela pergunta arrepiada.

– Você não foi ao Prado? Não me diga que não viu os quadros. Os anões tinham uma carreira promissora. Os aristocratas e os prelados eram loucos por eles. (Risadinha) Talvez de muitos pontos de vista. O que é que você pensa?

– Mas não é a mesma coisa, ela diz fungando, não é a mesma coisa, não tenho argumentos para provar, mas não é igual.

Para relaxar pedem outro chope e outras batatinhas. Deixam o tempo passar.

2.

Desta vez são dois meninos esfarrapados que se aproximam. O homem e a mulher ficam em guarda.

Mas naquele instante exato o Pai da Rua aparece à esquina, com seu caldeirão. Os meninos correm e voltam com dois pratinhos amassados, cheios de uma sopa-lavagem. Se acomodam no meio-fio aos pés do casal. Um deles começa a tomar a sopa, o outro apenas olha o prato, sem se mexer.

Já confiante – pelo menos aqueles meninos não precisavam roubar as batatinhas – o homem pergunta, apontando o outro que apenas segurava o prato.

– Por que ele não come? Não gosta de sopa?

– Não é ele – responde o outro –, é ela.

– Ela?

– É.

Pequena pausa para engolir uma colherada.

– Ela tem vergonha de comer na vista dos outros.

O homem e a mulher se entreolham perplexos.

– Se ela é menina, por que se veste de menino?

A mulher tem um lampejo de compreensão.

– Já sei, já sei. Ela é contra os valores tradicionais da família brasileira. Defende a escolha sexual. Está muito em moda essa discussão. Hoje no jornal...

O menino interrompe e explica com simplicidade.

– Não é nada disso, ela se veste de menino pra fugir da parada do estupro.

– Estupro?

– É. Os meninos também. Nós não escapamos, somos estuprados, mas demora mais. As minas vão direto.

Pausa para outra colherada.

– Daqui a pouco essa aí não vai conseguir esconder os peitinhos.

O casal se entreolha, ambos chocados.

– Peitinhos?

– Às vezes os caras não ligam se não têm peitinhos, mas com peitinhos dizem que é melhor.

– Menino, você não está mentindo?

– Quem vai estuprar crianças, meu deus do céu?

– Brasileiro não é assim. Somos é... somos amáveis de nascença, somos...

O menino não se interessa, dá de ombros.

– Todo mundo estupra. Os canas, os mendigos, qualquer pirado mais forte que nós.

Toma outra colherada.

– Se damos bobeira, levamos um pau e acabamos na vala. Às vezes passa um bacana de carro, pega uma mina, com ou sem peitinhos, e paga um sanduíche com Coca-Cola. Quem vai dizer que não? O sanduíche é ótimo. A Coca-Cola refresca.

Olha pra cima, com ar sonhador.

– Também é doce...

3.

O casal está desnorteado. O que fazer?

Se levantam. De longe parecem dançar. Um passo à frente: temos que denunciar.

Um passo atrás: mas todo mundo já sabe.

Outro passo atrás: e se não for verdade?

Olhos arregalados: se até a polícia! Dizem até que....

– Cala-te, boca!

A mulher está muito corada.

Interrompem o balé. Largam o chope e o resto das batatinhas.

Como se tivessem combinado, saem num repelão. Estão esquecidos do coração e da coluna vertebral. Suam em bicas com o sol a pino sobre a cidade.

De repente ele para, abre os braços indignado. Parece se dirigir ao vale do Anhangabaú, mergulhado na luz crua:

– Estragaram completamente nosso domingo!

(Observação: o português do menino foi copidescado)

VILMA ARÊAS é fluminense. Estreou na ficção com *Partidas* (contos, Editora Francisco Alves, 1976). *Aos trancos e relâmpagos* (literatura infantil, Editora Scipione, 1988) e *A terceira pena* (contos, Brasiliense, 1992) foram vencedores do Prêmio Jabuti. Em 2002, *Trouxa frouxa* (contos) recebeu o Prêmio Alejandro José Cabassa e, em 2005, *Clarice Lispector com a ponta dos dedos* (ensaio) foi agraciado com o Prêmio da Associação Paulista dos Críticos de Arte (APCA). Vilma é professora titular de literatura brasileira na Unicamp e vive em São Paulo.

Esta obra foi composta em Scala e impressa em papel pólen soft 80 g/m², para a Editora Reformatório, em junho de 2019, "tempos em que muitos valores humanistas têm sido ameaçados", estes contos como uma forma de resistência, por meio da liberdade que resiste em cada um dos autores e leitores desta obra.